谨以此书献给所有长着尾巴的家人

[Family]

长着尾巴的家人

ZHANGZHEWEIBADEJIAREN

◎史　诗　著

黄河出版传媒集团
宁夏人民出版社

图书在版编目（CIP）数据

长着尾巴的家人 / 史诗著 . -- 银川：宁夏人民出版社，2022.8
ISBN 978-7-227-07662-9

Ⅰ. ①长… Ⅱ. ①史… Ⅲ. ①散文 - 中国 - 当代 Ⅳ. ① I267

中国版本图书馆 CIP 数据核字（2022）第 161181 号

长着尾巴的家人　　史诗 著

责任编辑　杨敏媛
责任校对　陈　晶
封面设计　肖　扬
责任印制　马　丽

黄河出版传媒集团
宁夏人民出版社　出版发行

出 版 人　薛文斌
地　　址　宁夏银川市北京东路 139 号出版大厦（750001）
网　　址　http://www.yrpubm.com
网上书店　http://www.hh-book.com
电子信箱　nxrmcbs@126.com
邮购电话　0951-5052104　5052106
经　　销　全国新华书店
印刷装订　西安市建明工贸有限责任公司
印刷委托书号　（宁）0024428

开本　880 mm×1230 mm　1/32
印张　8.25
字数　180 千字
版次　2023 年 2月第 1 版
印次　2023 年 2月第 1 次印刷
书号　ISBN 978-7-227-07662-9
定价　42.00 元

亲爱的长着尾巴的家人

——史诗散文集《长着尾巴的家人》序

霍竹山

两年前史诗散文集《一间自己的房子》出版，其中最闪光、最打动读者的便是那些讲述姥姥山谷故事的文字。这些文字多是微散文，短小而精悍，质朴而生动，诗意而温情，接地气而有趣味。部分文章出版前已在网络广泛流传，深受好评。

“好好写，那些短文章真不错!”这是我作为前辈对文学新人的鼓励，也是我的真心话。与《一间自己的房子》间隔两年，史诗的新书《长着尾巴的家人》便完成了。史诗说，真正写书的时间只有三四个月。哪三四个月呢？就是 2020 年春天被新冠肺炎疫情隔离在家的那些日子。

三四个月写成一本书，速度是快，质量呢？我其实心存疑问。可读完《长着尾巴的家人》之后才发现，这本书之所以写得快，是因为它其实不是“写”出来的，而是从作者心底“流淌”出来的。

我是在各种交通工具的匆忙中，以及应酬的酒后，读完史诗长篇非虚构作品《长着尾巴的家人》。她的文字有股神奇的力量，像口味极清爽的美食，我甚至想，我是舍不得一口吃完才这样慢慢品味的。常常是读上几页，就着日光、夕阳、颠簸的道路、深夜烛火，合起来书稿，留着下次读。隔天再拿出来看上几页，心中的烦闷，现实的困苦，跟着平复下来了！如在远方夜里枕着海潮入睡，白昼游人的无尽喧嚣、浪涛的叫嚷渐渐模糊，睡意迷蒙如雾，雾气氤氲中，梦中世界渐次清晰出现，而出现的竟是史诗故乡那爿谷地。醒后不由盘算，这梦和现实到底哪个更真实，那些猫的脚步，羊身上的云朵，燕子翅膀游过天空的飞翔，仍在眼前、耳畔盘旋，回荡，鼻尖下透出土地的清远。

因此，我想到了作家的文学故乡。如湘西是沈从文的文学故乡，呼兰河是萧红的文学故乡，旧上海是张爱玲的文学故乡等等，而姥姥的山谷可以说是史诗文学的故乡。

《长着尾巴的家人》是一部像小说一样具有可读性的长篇纪实散文，讲述了二十年前在姥姥的山谷发生的人与动物之间和谐共生的故事。每个故事都是人与动物如同家人般相亲相爱的暖心童话。

打开《长着尾巴的家人》，便“穿越”到了二十年前的姥姥的山谷：

遥远的二十年前，在美丽而偏远的姥姥山谷，住着我年迈的姥姥和她的黑猫。姥爷老去后，是黑猫和它的孩子们慰藉着姥姥孤独的晚年时光。姥姥的屋檐下，每年春天都有精灵般的燕子从南方归来，它们在姥姥家筑巢安家、生儿育女，陪伴姥姥度过整个暖季。

史诗的文字朴素，从这样朴素的文字里醒来之后，我一次次又有些微醺了。如开篇《月光下的白姑娘》——初读这些文字时，我以为就要在如此这般的“白描”中，感受那一缕诗意的月光了！读完之后，发现远非这么简单，她由“白姑娘”带出“黑猫”，由“黑猫”切换至“黑美人”，各猫有各猫行事方式，各猫有各猫动作语言，自成一只特别而典型之猫，同时众猎贯穿十多篇文章始终，而整部作品又都浸透着遒劲的生命力。“日新之谓盛德，生生之谓易”。这样的结构很容易让我想到“生生不息”的阴阳之气中包蕴的“大道”，而“大道”，正如史诗的文字般——“至简”。

在“至简”的字句中，史诗的散文又兼有强悍之力量，深刻之思考。许多写作者在创作中会挖空心思、绞尽脑汁、搜肠刮肚地穷尽比喻与修辞，“为赋新词强说愁”，史诗不这样，她另辟蹊径。《雪天寻猫》中一段极精彩：“我跟姥姥站在院落外的雪地上，望着亲人们从来处来，又往去处去。望着望着，姥姥的头白了，眉白了，身体也白了。我轻摇雪人姥姥，雪花从她身上簌簌落下。我不敢再摇，担心她会碎掉。”这样的文字使我很是震惊，借雪天之白写老者，又通过簌簌的雪花描摹心境，清冷的感觉一下就显现出来，妙！同时，大雪的天景寻一只黑猫，白茫茫大地上一老一小，还有一个跳动的小黑点踽踽行着，像极一幅意境深远的水墨画。到了回忆里，竟又变化成一帧回味悠长的黑白照片。这是诗意之境，这也是童话之境。读史诗文章，有种经历过世事沧桑后的凛然，各式各样恐惧经过了，黑暗的隧道也通过了。读史诗的这些文章，仿佛看到站在太阳底下的年轻人，坦荡，真诚，炽热，莽撞，似乎生命中有种永远的等待，有种不惧碾压的鲜活，这是真正的珍贵又强劲的力量。我想到一句话：像土地一样年轻，又像土地一样苍老。

白如云朵，性情也像云朵一样温和的山羊们曾与姥姥相依相偎。姥姥曾像关爱孙女一样关爱着山羊……在那个“遥远而美丽的山谷”里，陪伴姥姥的黑猫是家人，打南方归来的燕子是家人，性情温和的山羊是家人，叽叽喳喳的麻雀是家人……甚至意外死在苜蓿花田的狐狸也是家人，甚至神出鬼没的猫头鹰也是家人，甚至神秘冷血的蛇也是家人！这样的家人，乍一看有些颠覆我们对于“家人”的定义，但细细读来，“它们”又何尝不是家人呢？如果说陪伴是最长情的告白，那么它们就是在用自己的方式向姥姥告白，而姥姥更是用一生关爱着这些“长着尾巴的家人”。

史诗的散文里有故事的发展，有情节的转折变化，有丰富的细节。每篇文章中的每只动物都自成一个典型，各种动物不同的性格贯穿始终。作为扎根于故乡山谷的女性写作者，史诗在写作中呈现出一种人与自然与土地与万物紧密而细微的联系，读这样的作品，不自觉会有一种奇妙的类似大地

"宗教"的情感共鸣，万物有灵。毫无疑问，她的写作是一种人性、自然性和神性的结合。而史诗也成为这有头有尾结合中的一部分了。

阅读《长着尾巴的家人》，仿佛打开二十多年前遥远美丽的姥姥山谷的日木门。在那里，史诗还是一个幼小的山谷"丫丫"，朴素而博爱的姥姥还活着，一个个"长着尾巴的家人"仍然依恋并陪伴着年迈孤独的姥姥——读史诗的文字，令人轻松愉悦，忍俊不禁，而又温暖感动。好像在寒风凛冽时避进一座燃着"红泥小火炉"的老木屋，仿佛在"晚来天欲雪"时饮下一杯热酒，恍若在春风浩荡中蓦然发现山坡的一树花开……读着这样的文字，使我不禁也回忆起一个"长着尾巴的家人"。

多年前的某个午后，在小城某林荫大道徒步，听到一中年女子连声呼喊："小白回来，爸爸没在前面！"以为她是在喊自己的孩子。放眼望去，周围除了那女子，别无他人。仔细一看，才发现不远处正跑着一条毛色如雪的大白狗。原来那女子喊的"小白"便是大白狗。几日后，又见小白。那一次它是跟一个少年在一起。那少年停下，它也停下。那少年奔跑，它也奔跑。"兄妹"同行，形影不离。少年低头抚摸它的脑袋，它便抬起明亮的大眼睛，眼里荡漾着满满的笑意，脚下的步伐也更加欢快。

史诗的散文不仅带我们进入姥姥山谷童话般的世界，也会帮我们打开自己尘封在岁月深处的人与动物和谐相处的温馨画卷。正如作家梁向阳所言："史诗永远以一枚小小女孩的口吻讲述着姥姥山谷的秘密往事，姥姥、女孩、黑猫、黑鸟、沙漠、雪夜……构成了一个略显魔幻色彩的毛乌素沙漠栖居的童话，神奇而迷人。”

任何一位作家的创作总会有一股内在的精神力量，在史诗这儿，我想这种力量应该是对于故乡空间的感知，是她笔下等羊的路口，寻猫的雪地，误入的蛇旮旯，是姥姥山谷太阳下闪金色、月光里耀银光的沙漠，是生长五谷生长姥姥的谷地。聂鲁达曾说：“我的诗和我的生活宛如一条美洲大河，又如发源于南方隐秘山峦深处的一条智利湍流，浩浩荡荡的河水持续不断地流向出海口。”我想史诗的散文也是这样一条发源于陕北高原的河流，流过沙漠，流过姥姥古老的山谷，流过动物们嘴巴的渴和深深浅浅的脚印。

我几乎看见她手底画下的一张故乡地图，她拿着游标卡尺，一厘米一厘米仔细而温情地测量，母语、人生的场景都一点一点鲜活了起来。而当测量完这张地图之时，她也完成了一场对自己内在精神的勘探。

2021 年 9 月 20 日　星期一

目录

第一章

长着尾巴的家人

ZHANGZHEWEIBADEJIAREN

月光下的白姑娘

遥远的二十年前，在毛乌素沙漠西北面，有一座美丽而幽静的山谷。山谷里住着我年迈的姥姥和她的猫咪们。姥姥常年养着黑猫，早些年因机缘巧合，曾养了一只白猫。

白猫是只小母猫，眼睛碧蓝，通体雪白，姥姥十分爱怜，昵称它为“白姑娘”。

白姑娘却不属于白天，只属于夜晚。它总是在白天呼呼大睡，然后在午后醒来，在天黑时出没于茫茫夜色之中，皎皎月光之下。

我回到姥姥身边那年，白姑娘三岁。它年轻美丽，聪明敏捷，善于捕鼠，深得姥姥欢心。

白姑娘没来以前，老黑猫（黑猫的姥姥）已经老得无力捕鼠。老鼠们不但肆意偷食仓库里的粮食，还常常在夜深人静时潜到家里，饱餐之后激烈打架，时不时发出吱吱锐叫，惊醒年迈独居的姥姥。

白姑娘来了之后，老鼠很快销声匿迹，家里恢复和平宁静的生活。

姥姥有肉可食时，总会分一份给黑猫与白姑娘——她像爱着自己的孙辈般爱着它们。

得了姥姥这份宠爱，黑猫总是温和懂事，陪伴姥姥生活劳作，陪伴姥姥度过寂寞白天，陪伴姥姥度过漫漫黑夜。

可白姑娘却不领情，它生性高傲，冷漠孤僻，不仅很少与黑猫交流，也很少与我和姥姥交流，每次姥姥想要伸手摸摸它，它不是冷若冰霜，提防躲避，便是举爪抗议，溜之大吉。

作为亲人，姥姥总是嗔怒片刻，并不与白姑娘计较。

但谷里人不喜欢白姑娘，不包容它，不原谅它，甚至不能容忍它的存在。

人们说，经常看见白姑娘在月光下奔跑跳跃，它有着闪电般的速度，刀光剑影般的凛冽，杀手般的神出鬼没，魔鬼般的寒气逼人。

山谷之西的人们说，曾看见白姑娘跟一条黑蛇对峙，黑蛇在危急时刻直立起来，嘴里丝丝吐着信子向白姑娘示威。白姑娘哪会害怕黑蛇的虚张声势，只见它倏然高高跃起，“啪”地一巴掌便把黑蛇打趴在地上。黑蛇瞬间失去反抗的意志，只剩俯首称臣的份儿。

山谷之东的人们说，曾看见白姑娘叼了一条长蛇，蛇尾有一大截拖在地上，不时痛苦扭动。谷中人不杀蛇，人们企图从白姑娘的嘴里救下长蛇，谁知白姑娘怒目圆睁，低吼示威，然后乘人不备，叼着挣扎的蛇跑掉了。

山谷之顶的人们说，夜深人静之时，有人在睡梦中被鸡群的惊叫声惊醒，睁眼一看，说时迟，那时快，只见月光下的院子里，一道白光一闪，越过墙头消失了。主人慌忙举着马灯出门查看，发现鸡舍凌乱，鸡群骚动不安，鸡——又少了一只！

从此不断有人到家里来控诉，控诉白姑娘捉蛇，控诉白姑娘目中无人，控诉白姑娘在月夜偷食了他们的鸡——刚刚孵化不久的小鸡，半大的公鸡，下蛋的大母鸡……

人们虽然没有抓到白姑娘，但仅凭月光下那“一道白光一闪”，便足以认定是白姑娘了——除了白姑娘，谁家有那么白的一只猫呢？就算有那等白猫，哪只猫具有那般杀伤力呢？

姥姥开始时不信，但跑来控诉的人多了，不由得不信。

原本善良的谷里人，在痛失大鸡小鸡、公鸡母鸡之后，忍无可忍，纷纷劝说姥姥打死白姑娘，以绝后患。

姥姥请求人们再给白姑娘一次改过自新的机会，如果再有冒犯邻居，那就请邻居们打死它好了。

但姥姥哪里舍得白姑娘死掉呢？纵然白姑娘有百般不是，

姥姥还是把它当作相伴三年的家人，当作一个顽皮可爱的晚辈。

以防白姑娘再次犯事，为它自己招来杀身之祸，姥姥走出漫漫山谷，穿过茫茫沙漠，从集市上买回了十几只小鸡。

一些小鸡赔给失鸡邻居，剩下的放养在院子里——自然不是要让白姑娘一饱口福，而是要给它上课。

姥姥把白姑娘喊到院子里，指着满院子自由觅食的圆滚滚、毛茸茸的小鸡，一脸严肃地告诉白姑娘，那是姥姥买回来的小鸡，是咱们的家人，你不能对小鸡动歪心思，看见小鸡得绕道远走，看见别人家的大小鸡也要绕道远走。

最后特别叮嘱，你要不听话，姥姥会很生气，听懂了吗？

白姑娘装作认真倾听的样子，当着姥姥的面，对小鸡表现出一副视而不见、坐怀不乱、毫不动心的样子。如此几日，姥姥渐渐放心，放松了对它的看管。

直到某日，姥姥看院子里有鸡毛飘飞，心下一惊，仔细数过小鸡，才发现小鸡少了两只。

这下姥姥不敢再有怠慢。她假装午睡，暗暗观察白姑娘动静。

白姑娘原本喜欢昼伏夜出，但最近显然调整了作息时间。它一看姥姥在睡觉，便悄悄离开炕头，蹑手蹑脚走到院子里，贼眉鼠眼，猫腰弓背，准备对小鸡再下毒手。不料姥姥尾随而去，抡起鸡毛掸子，狠狠打了它。

白姑娘见大势不妙，“嗖”一下窜出院子，逃之夭夭了。

夜里，白姑娘很晚才回来。

姥姥生气，并没有出去找它。但她心里其实在担心它，她竖着两只耳朵，悬着一颗心，辗转反侧，难以入眠。直到深夜猫洞出现熟悉的身影，她才呼出一口气，放下一颗心来。

姥姥知道白姑娘没脸见她，知道它需要借着夜色掩藏自己的羞愧，所以便假装睡熟，留下它静静反思自己的过错，直到后来耳畔传来它均匀的呼吸声，才匀出自己的一角被子，为它盖上。

天亮后，姥姥决定为白姑娘进行素食训练。一连七天，姥姥堵了猫洞，将白姑娘关在屋内，日日只给素食吃。

白姑娘最初两天甚至不愿正眼看素食一眼，后来实在太饿，居然学着我跟姥姥的样子，开始吃煮土豆了。它笨拙地抱着土豆耐心嚼食的样子，真是又可爱又可怜。

姥姥在旁边看着，心疼得流出泪来。

第七日，姥姥特意做了姨妈捉回来的鱼喂它，语重心长给它讲不能偷鸡的道理。最后特别叮嘱，如果再犯事，恐怕姥姥也保护不了你了，听懂了吗？

从那以后，白姑娘突然之间长大了，懂事了。它经过院子里的鸡群时，总是低着头，远远绕道而行。从此家里的小鸡再没有减少一只，从此白姑娘由坏姑娘变成了一个好姑娘！

它渐渐成为一个素食者，后来竟像我和姥姥一样，开始喜欢吃煮玉米棒了！

一天晚饭，地上掉了一粒玉米，白姑娘看见了，竟很珍惜地低头吃掉了。然后抬起头来，像个孩子一样，一脸期待地瞅着我和姥姥手里的玉米棒，“喵喵”叫着讨要——它终于主动跟我和姥姥说话了！

我们又惊又喜，立即揉了玉米粒喂它（它自己不会啃玉米棒）。它跟我和姥姥一样爱吃玉米，从此姥姥每餐煮玉米都会多煮两个（它每次能吃两个）。

姥姥眯缝着眼睛，看着白姑娘一粒一粒嚼食玉米，眼里满是欣慰怜爱。可是不知为什么，她还是为它担心，隐隐感觉会发生什么不祥之事。

果然，不久后的一天夜晚，白姑娘彻夜未归。天明后姥姥出去寻找白姑娘，碰见黑着脸的邻居，才得知邻居家昨夜又丢失了鸡，而且是一只下蛋的大母鸡！

瞬间，姥姥明白了白姑娘彻夜未归的原因——它永远不会再回来了！姥姥忍着心痛，用剩下的小鸡赔了邻居的大母鸡，然后慢慢走向邻居指给她的地方——谷中的枯井——一个深不见底的黑洞！

而那深不见底的黑洞，却是姥姥的白姑娘永久的归宿！

从井边回来，姥姥好几天茶饭不思，郁郁寡欢。

半个月后，杀死白姑娘的失鸡邻居敲开姥姥的屋门，怀抱一只大胖母鸡含愧向姥姥道歉：“老人家，昨日动土，意外在屋后坡上发现黄鼠狼的洞穴，挖开后，里面全是鸡毛，全是……全是我家母鸡的鸡毛！……我们误杀了白姑娘，就拿这只鸡为白姑娘抵命吧……”

姥姥没收那只鸡——无论多大的鸡，又怎么能抵得了白姑娘的生命，抵得了家人的生命呢？

可怜可叹，从此以后，世上再无月光下的白姑娘！

白姑娘消失以后，某日天降大雨，人们看见白姑娘长眠的枯井竟重新有了井水。

但我知道，那不只是井水，还有姥姥为白姑娘而流的眼泪。

黑猫的爱情

白姑娘被打死后不久，老黑猫也老去了。

姥姥从邻人家捉来一只跟老黑猫一模一样的小黑猫。姥姥说，这小黑猫是老黑猫的孙女，它来到姥姥家，不是背井离乡寄人篱下，而是回归故里。

一年后，小黑猫长成了一只大黑猫。“女大十八变”，成年后的黑猫像它的姥姥一样，长着一双明亮的太阳色的眼睛，不仅是一只美女猫，还是一只多情猫。

春节前后的夜里，屋顶常常传来猫咪们的号叫打闹声。有时叫声不断，打斗十分激烈，甚至会惊醒睡梦中的人。姥姥说，那是公猫们在为赢得黑猫的芳心而战斗。

黑猫到底会选择哪只公猫做丈夫——是选择那只偶尔路

过姥姥家的气度不凡的虎斑公猫，还是选择那只年轻英俊的白公猫，或是选择那只经常来姥姥家偷食的大黄公猫……我们不得而知。

我和姥姥都没有爱情。姥姥太老，早已失去了爱情。我太小，还不曾懂得爱情。

黑猫是一家中唯一一个拥有爱情的。我们虽然关心黑猫的男朋友是谁，但恋爱毕竟是猫咪隐私，不好开口去问。

不过，几个月后黑猫生出爱情的结晶，姥姥通过猫咪们的毛色，便约略知道答案了。

黑猫生了两个孩子，一个与黑猫一模一样，另一个是虎斑猫。原来黑猫的丈夫就是那只器宇轩昂的虎斑猫！

从此以后，姥姥看见虎斑猫，便多了几分亲近——它现在可是家里的女婿呢！

但虎斑猫生情冷傲，不愿做上门女婿。或者，它只想享受爱情的甜蜜，不愿走进婚姻的围城。

它从不回家来住，也不曾认认姥姥，看看孩子，陪陪妻子。

养育孩子的重任全部落在黑猫一个身上。

所幸黑猫是个能干的母亲。白天亲自搂着孩子们睡觉，及时给它们喂奶，晚上则独自出去捕捉老鼠。

自从有了孩子，黑猫消瘦了许多，却不曾说出“后悔”二字。

某日傍晚，我、姥姥、黑猫一起在院子里乘凉。

虎斑猫从姥姥的篱笆墙外路过，透过篱笆缝隙，朝院子里看了一眼黑猫。黑猫也发现了虎斑猫，但并没有冲出去质问虎斑猫——没有质问虎斑猫为何总是不回家，没有质问虎斑猫为何不对猫宝宝负责，也没有向虎斑猫讨要孩子们的抚养费。

黑猫那么淡定、那么从容，极其优雅地保持了一个单身母亲的尊严与气度。

两只小猫咪从出生到长大都不曾见过父亲，典型的“只知有其母，不知有其父”。

不知小猫们长大后在山谷里碰见自己的父亲，是否知道它们之间有着血浓于水的亲子关系呢？

第二年春天，黑猫又投入一场新的恋情。猫们又开始为爱情而战，老屋屋顶的战斗一如既往地激烈。

黑猫的一只脚在战斗中受了伤，一连许多天，走路一瘸一拐，十分有损淑女形象。

但受伤显然没有影响“当春乃发生”的爱情，也没有影响一年一次的怀孕。几个月后，黑猫又生出一窝爱情的结晶——三只小猫咪。

两只与黑猫一模一样，另一只是黑白色。姥姥推测说，黑猫今年的丈夫应该是那只大白公猫。

黑猫不动声色把丈夫换了，是移情别恋了，还是嫌前夫不负责任呢？

令人遗憾的是，现任丈夫——大白公猫——跟前任一样，对妻子与孩子完全不负责任，对妻子不理不睬，对孩子不闻不问，喂养与教育孩子的重任还是全都落在黑猫身上。

黑猫本想静静，中午睡个美容觉，在美容觉里做个关于白马王子的美梦。

可小猫们几乎不给母亲安静休息的机会，它们饿了便要吃奶，吃饱了便玩心大发。

一只在抓黑猫的尾巴，一只在抱黑猫的腿，一只又在寻找黑猫的乳房……

黑猫甚至无法安心吃一顿饭。

姥姥喊黑猫吃饭，黑猫跑去厨房进餐，没吃几口，小猫们立即尾随而至。

两个凑过去跟母亲抢食。剩下那个，把母亲的尾巴当作假想敌，弓腰缩背，奔跑跳跃，向尾巴发起进攻。眼看就要咬到尾巴，黑猫轻轻将尾巴换了个方向。小猫扑了一个空，并不善罢甘休，趁母亲不防备，再次猛扑上去……

姥姥看小猫们太闹腾，便将它们一只只抱在炕上。她替黑猫看着小猫，如此，那个儿女成群的可怜母亲才终于得空吃了一顿饱饭。

我和姥姥都觉得单身母亲太辛苦了，黑猫倒是无所谓，依然处乱不惊，从容淡定。

它尽心尽力抚养孩子们长大，用实际行动证明了母猫的独立与强大。

第三年早春，黑猫再次投入一场轰轰烈烈的爱情。问世间情为何物，直教猫生死相许。爱情令人疼痛，可是谁又能劝阻一只发情的猫去恋爱呢？

或许黑猫又会生一窝孩子，或许新任丈夫又是一只不回家的猫，但那又有什么关系呢！

纵然公猫辜负黑猫，但黑猫始终相信爱情。

长着尾巴的家人

黑猫在少女时代经历了轰轰烈烈的爱情，一两岁时便开始生孩子。但不知何故，小猫们多数死掉了，还有一些莫名其妙失踪了。

后来几年生的孩子，都被亲人或邻人领养了。

黑猫八九岁时，又生了三只小猫。

两只是纯色黑猫，与黑猫一模一样；一只是黑白色小猫，长得像山谷里常常遇见的一只黑白色公猫。

姥姥喜不自胜，她一天天看护着黑猫的孩子慢慢长大，如同看护着女儿的孩子慢慢长大。

时光飞逝，过了几个月，三只小猫不幸出了状况——那日姥姥从集市回到山谷，找遍屋里屋外，也没看见它们小小的身影，便去寻找黑猫问个究竟。

黑猫看见姥姥回来，便跑过来缠着姥姥，“喵喵”叫着诉说小猫消失的不幸。

姥姥看着它的眼睛询问，发生了什么事情，小猫咪去哪里了，快带姥姥去找！

黑猫像是明白姥姥的话，带着姥姥便走进谷中的庄稼地，踏上寻找小猫的纵横阡陌。可是找了一整个下午，天黑时却是空手而归。

三只小猫咪最终也没有找回。黑猫思子心切，茶饭不思，渐渐消瘦了，连乌黑光泽的皮毛，竟也暗淡发黄。

姥姥极力安抚它，劝慰它，却收效甚微。

人们说，曾看见黑白色公猫在附近出现，可能是公猫咬死了小猫。黑猫听了更加伤心，一连几日倒在炕头睡闷觉。

姥姥摸着它的脑袋，轻言软语安慰它：“遇人不淑，也是常有之事，就忘了它！你还年轻，孩子还会有的。”

姥姥拿出姨妈过年时送回来的猪肉，做熟了给黑猫补养身体。

黑猫听了姥姥苦口婆心的劝说，又进补了一些肉食，渐渐走出失恋、失子的阴影，开始捕捉老鼠，陪伴姥姥，重新做猫。

第二年春天，黑猫又不动声色给姥姥生了一窝惊喜——两只可爱的小猫咪！一只黑色瘦猫咪，一只白色胖猫咪。

姥姥根据它们的不同特征，分别给它们取名黑美人，胖咪。

根据猫咪们的毛色，姥姥推测黑猫的丈夫还是去年的丈夫，知道猫咪夫妻已经和好，心里很是欣慰。

为了让黑猫有足够奶水喂养小猫，姥姥特意给黑猫增加了食物分量，好生照顾呵护。

几个月后，两只猫咪渐渐长大，学会走路、奔跑、玩耍，都极萌极可爱。

它们时不时跳进姥姥的怀里，举着小毛爪子跟姥姥击掌，跟姥姥握手，或争抢着、追逐着姥姥的毛线团儿满院子疯跑。

一时间家里猫丁兴旺，好不热闹。

一日，姥姥一觉醒来，发现胖咪不见了！

不过，对于这次的不幸事件，黑猫似乎完全知情，它没有像上次那样惊慌焦急，而是一副若无其事的样子。

姥姥走近黑猫，严肃询问它胖咪的去向，它低着头一声不吭，过了一会儿，知道拗不过姥姥，这才默默带着姥姥去寻找小猫。

姥姥跟着黑猫穿过纵横阡陌，到达山谷对面。

在一户人家的围墙后面，黑猫停下脚步，回头看看姥姥，然后冲着墙洞“喵喵”叫了两声。

很快，墙洞里跑出了胖咪——原来是黑猫将它抛弃，送到了墙洞里！

看着灰头土脸的胖咪，姥姥一阵心疼，她双手将它抱回家里。

姥姥把胖咪交给黑猫，让黑猫给失而复得的孩子喂奶。黑猫像平时一样，很乐意地完成了作为母亲的职责。原来黑猫送走胖咪不是因为不爱它，那是因为什么呢？

一天，姨妈从远方回来，看见姥姥养了三只猫咪，不禁说："养这么多猫，不得把家养穷？不如送几只给别人吧！"

姥姥不同意，说："几只猫咪，能吃多少！"

姨妈走后没几天，一日早晨，姥姥起来，发现家里异常安静。原来小猫咪们又消失了，而且两只全都不见了！

这次姥姥没慌。她想起不久前的小猫失踪往事，猜测小猫咪可能又被黑猫送到山谷对面的墙洞去了，便带上我匆匆赶往墙洞。

我跟姥姥赶到墙洞边，姥姥站在墙洞外连声呼唤"咪咪"，洞里毫无动静。

姥姥正要到别处寻找，忽然听到熟悉的猫叫。转头一看，只见黑猫叼着一只大老鼠，出现在墙洞边。

墙洞里立即传来小猫咪们回应妈妈的奶声奶气的"喵喵"声。两只小猫争先恐后钻出墙洞，跑去享用老鼠美餐。

黑猫不知是已经吃饱了，还是舍不得吃，它把早餐全部留给孩子们吃。

它自己走过来，像平日一样，蹭蹭我的腿，再蹭蹭姥姥的腿，尽情表达着在外面不期而遇的喜悦。

姥姥看着它，心里多少不是滋味。

黑猫为何送走孩子？

有人说，猫咪不喜欢长得不像自己的小猫。有人说，是害怕小猫长大，抢了自己在家里的位置。有人说，是猫的本性使然，猫们代代相传，知道主人不会在家里养很多猫，便主动把小猫咪送走，免得主人苦恼。

姥姥弯腰抱起黑猫，瞅着它的眼睛问："告诉姥姥，为什么要送走孩子们？"

黑猫不说话，姥姥顿了顿，忽然想起一件事，便疑惑道："是不是那天姨妈说的话你都听到了？"

黑猫认真地瞅瞅姥姥，看姥姥焦急，它很温柔地"喵喵"叫了两声，用长满胡须的脸轻轻碰了碰姥姥的脸，似乎是安慰姥姥："没事儿，别为它们担心！"

姥姥却不能不担心：黑猫既然还愿意喂养小猫，应该不是不爱它们——难道黑猫真的听懂姨妈的话了，或是它天生知道主人不愿养一群猫咪？

想到这里，姥姥言辞恳切地说："你怎么那么傻，你的孩子就是姥姥的孙子，姥姥又怎么会嫌你的孩子多余呢？——快招呼孩子们回家吧！”

说完，姥姥把黑猫放到小猫们身边，“咪咪”叫着呼唤猫咪们回家，我也“咪咪”叫着呼唤猫咪们回家。

在我和姥姥心里，猫咪们不是可有可无的小动物，而是我们长着尾巴的家人。

黑猫“喵喵”叫着响应了我和姥姥的呼唤，黑美人、胖咪兴高采烈地跟在黑猫身后，一家五口高高兴兴回了家。

那年，黑猫再也没有把小猫们送走过。

钻被窝的胖咪

胖咪是黑猫的孩子。胖咪长到几个月大，姨妈看它长得圆滚滚、胖乎乎，很是喜欢，便求姥姥送给她。

姥姥本不舍得胖咪，但自家的猫咪，送给自家的女儿，自是放心，便将胖咪送给了姨妈。

胖咪被姨妈抱走那天，似乎早有预感，它用四只爪子死死地抓着我的手不放。姨妈越抱它，它抓得越紧。等姨妈强行抱走它，我的手上竟被抓出几道血痕。我不禁哭了。既是因为疼痛，也是因为不舍得胖咪。直到姥姥答应我，过一段时间带我去姨妈家看望胖咪，我才渐渐安静下来。

一年后，我跟着姥姥越过茫茫沙漠去姨妈家做客时，胖咪已经长成大猫，不认识我们了。

它看见我们，第一反应是先躲起来。不过，躲起来之后，它又不像一般陌生猫咪那样远远躲开——它悄悄藏在角落，偷偷睁大眼睛观察我们。

姥姥呼唤它，喂食给它，它犹犹豫豫走过来，快速把食物叼走，躲在远处吃完，还是不肯亲近我们，只是站在远处，歪着脑袋一脸疑惑地打量我们：这个老婆婆好眼熟，似乎在哪里见过？这个小丫丫也好眼熟，似乎也在哪里见过？

姥姥见当年那么亲近的胖咪忘记了自己，不免失落。不过，看它已健健康康长成大猫，而且依然胖乎乎圆滚滚，却也欢喜欣慰，时不时看看它，眼里充满爱怜之意。

我也仍然喜欢胖咪，几次试图去抱抱它，它却羞怯怯跑开了。

夜晚，月亮当空，群星闪烁。

姨妈把毡子铺在院子里，我们盖着薄毯睡在月光里，也睡在星光里。

院子里，凉风习习。

姥姥与姨妈絮絮叨叨说着话，远处蛐蛐的鸣叫声此起彼伏。我看着星星眨眼睛，听着蛐蛐唱歌，不知不觉睡着了。

梦里，一块大石头搁在胸口，沉甸甸压着难受。

挣扎着醒过来，发现胖咪正睡在我的胸口打着呼噜！

没想到它白天不理我，晚上竟愿意睡我被窝，我真是受宠若惊。

不敢翻身，不敢乱动，以防打扰它睡眠。可是坚持了一会儿，终觉呼吸困难，只好伸手推醒它，把它赶出被窝。

掩好被窝，压紧边角，重新入眠。

过了不知多久，再次感觉胸口沉甸甸的，憋得慌。醒来一看，发现胖咪不知什么时候又睡在我的胸口，此时睡得正香甜呢！

我纳闷极了，不知它到底从哪里进入了被窝。

但不管怎样，我承受不了它的胖，喊叫着要它走开，喊声吵醒了姥姥。姥姥伸手从我被窝抱走胖咪，放进她自己的被窝，还安慰胖咪："丫丫还小，你太胖——睡姥姥的被窝吧！"

胖咪没吭声，安静地跟着姥姥睡了一夜。

多少年之后，当我想起那晚情形，还暗暗觉得不可思议——换被窝的时候，胖咪竟然没有抗议，没有逃走。

我把我的诧异告诉姥姥，姥姥嗔怪说："你这记性，跟胖咪差得远呢！"

原来，当胖咪还是姥姥家一只小小猫咪时，便经常睡姥姥的被窝，它记得姥姥的味道呢。它也经常钻我被窝，睡我胸口，记得我的气息呢。

一年后，当它已经生活在姨妈家，当它在姨妈家终于认出我来，重新钻我被窝、睡我胸口时，却被我赶跑了。

我不如一只猫咪重情重义呢！

后来，在那些月光朗照的夜晚，我偶尔想起胖咪，往往好一会儿不能入睡，总感觉胸口失重，空空的……

美人薄命

不得不说，猫咪们都是天生的美人。黑猫的孩子黑美人更是猫中美女。

它无需故作媚态，随随便便，自自然然，一举手一投足，便憨态可掬，美丽无敌。

黑美人不仅娇憨美丽，而且格外聪明，通人性。它像它的母亲黑猫幼时一样，喜欢在夜里跟姥姥同睡一个被窝，在白天跟姥姥一起游戏。

午后，姥姥正做针线活，黑美人坐在旁边，歪着脑袋，眨巴着大眼睛看着。

看着看着，按捺不住心中的好奇，举起小爪子拍拍姥姥的手，再拍拍毛线球。

毛线球被它拍打着，骨碌碌滚远，又骨碌碌滚近，毛线散开来，又牵牵绊绊缠绕在一起。姥姥原本安静干活，被黑美人搅得一片混乱，干脆放下手里的活儿，陪猫玩起来。

姥姥缠好被弄乱的毛线球，把毛线球朝我滚过来，我便把毛线球朝姥姥滚回去。如此反复几次，示范给黑美人看。

然后姥姥把毛线球朝黑美人滚过去——我和姥姥都有点儿紧张，不知黑美人到底懂不懂把毛线球滚回来。

就在我们心悬之际，说时迟，那时快，只见黑美人举起它毛茸茸的小爪子，对着毛线球轻轻一击，毛线球便稳稳地滚向了姥姥！

滚线球的游戏，黑美人一学就会。

我和姥姥都惊喜极了，祖孙三人一时沉浸在滚线球的游戏里不能罢休。

姥姥开心极了，一张饱经沧桑的脸笑成了一枚皱巴巴的山核桃。

玩了不一会儿，我和姥姥发现黑美人在等线球的间隙，还在忙里偷闲做着另一件事，挠痒痒。

它似乎全身都很痒，不停挠来挠去。姥姥把它抱过去查看，发现它身上生了不少跳蚤，便决定给它洗个澡。

姥姥用清水给黑美人洗了澡，过了几天，发现它还是挠个不停。

看来跳蚤生命力顽强，只用清水不能清除干净。

姥姥便决定在清水里搅和一点儿农药，毒死跳蚤。

没敢多放药，只在大半盆清水里放了一瓶盖农药，搅和均匀，然后把黑美人放进去，细细清洗。

洗完药澡后，黑美人不再全身乱挠了，看来是不痒了。

姥姥忙着去做饭，准备做点儿美食，为黑美人补补身体，增强抵抗力。

等姥姥做好了饭，喊我和猫咪们吃饭时，才发现黑美人躺在院子里抽搐着，奄奄一息。

姥姥心里一惊，想到黑美人可能是药物中毒，便风速抱起它，准备找兽医抢救。可是才出了篱笆门，黑美人已经失去呼吸了。

姥姥久久抱着黑美人，忘记了吃饭。我也没有心思吃饭，哭着反复央求姥姥："我们把药洗掉，让它活过来吧！"

姥姥摇着头，说不出话。她的脸色有些惨白，她的身体有些发抖。她浑浊的老泪滑出了眼眶，滴落在黑美人不再生动美丽的身体上。

姥姥把黑美人埋在一个干净的沙丘下。

我感觉姥姥生命中的一部分也随之被埋掉了，她似乎一下子老了许多。

失去了黑美人，家里顿时显得空了许多。

一只猫在天地间很小、很轻，但是在我和姥姥的心里，它很大、很重。

且永远活着。

不要把窗洞堵上

每当看见“窗”字，我心头第一时间浮现出的总是二十年前姥姥的纸窗。纸窗的底端，长久保留着一个独特的、空荡荡的窗洞。

那个窗洞，是独居山谷的姥姥特意为她的猫咪开凿的进出土屋的通道。

在姥爷老去之后，陪伴姥姥度过漫漫老年之路的，不是众多的舅舅们，也不是众多的姨妈们，而是黑猫和它的孩子们。

胖咪被姨妈捉走，黑美人中毒死去，家里又只剩黑猫陪着姥姥。

白天，黑猫卧在姥姥的身边，打着呼噜慵懒地睡去，或者睁大眼睛醒着，喵喵叫着陪姥姥说话。

黑夜，黑猫钻出窗洞，潜入粮仓帮姥姥捉老鼠，回来后偷偷钻入姥姥的被窝取暖，被醒过来的姥姥顺手搂着睡去。

如此相依相偎，度过长长的日子。

“喵喵，今天姨妈会回来吗？”一天，姥姥这样问黑猫。

“喵——”黑猫仰头回答。

“喵喵，明天姨妈会回来吗？”又一天，姥姥这样问黑猫。

“喵——”黑猫仰头回答。

然而，姨妈好久没有回来。

姥姥想着去探望姨妈，又不放心黑猫独自在家，只好抱了黑猫一起穿越茫茫沙漠去探亲。

上天垂怜，姨妈安好无恙，然而黑猫却在那天夜里消失了。

姥姥以为黑猫独自回家了，便连夜赶回山谷。

但窗洞是空的，土屋是空的，姥姥的心也跟着空了。

冬天时，姨妈们回来探望姥姥，要帮姥姥把空荡荡的窗洞堵上，但被姥姥拒绝了。

“不要把窗洞堵上！”

姥姥两眼盯着窗洞，悲伤而坚决地说。

然而，窗洞洞口没有黑猫的身影归来。只有西北风，呜呜地吹进来。

黑猫失踪后

姥姥做好了早饭，站在院外朝着山谷的方向呼唤黑猫："咪咪，吃饭!"一连喊了多遍，也没听到黑猫的回应。

这才想起，黑猫已经消失几个月了。

几个月来，姥姥始终保留着黑猫回家的窗洞，也始终没有放弃寻找黑猎。

姥姥牵着小小的我，穿过冬天光秃秃的沙漠寻找黑猫，毫无线索；爬到山谷谷顶寻找，不见黑猫踪影；下到山谷谷底寻找，仍无结果。

最后，不得不到山谷人家去碰碰运气。一家一家问过去，人们都说不曾看见。

一只天天睡在炕头的猫，一只餐餐与我们一起进食的猫，难道真的永远消失了吗？

它迷路了？吃死老鼠中毒了？冻伤了？生病了？还是爱上新的主人，从此住在别人家了呢？我们宁愿它是有了新的主人，尽管那将意味着我们不再是一家人，不过，还有什么比它安好更重要的呢？

然而姥姥说，各种可能的情况中，最后一种情况最不可能——它只要安好，便不会不回家。反过来，它只要不回家，便是过得不好。它只要过得不好，家人便不会安心。

邻人嘲笑我和姥姥寻猫："猫总会自己回来！"

然后又安慰姥姥说："一只猫嘛，丢了就丢了！"

那意思是，一只猫丢了有什么大不了，世上有那么多猫，随便从谁家捉一只回去就是了。

可世上有那么多猫，又有哪一只能取代我家的猫在姥姥心中的地位呢？

姥姥走过山谷时，爬上山顶时，下到谷底时，仍然会停下脚步，四面张望，甚至会翻开人家的椽垛子、草捆子搜寻一番。

天那么高，地那么厚，茫茫天地之间，寻找一只丢失的猫，如同在雪地里寻找一把丢失的钥匙，如同在秋天寻找一缕逝去的春风，希望很渺茫。

但我们能不去寻找吗？我们担心它已经死了，死得孤独凄凉；我们更担心它活着，却活得窘迫无助。

我们能不去寻找吗？

也许是上天怜悯，也许是黑猫与家人心灵感应，也许是黑猫看到了姥姥寻找的脚印，终于，黑猫在消失几个月后，忽然回来了。

黑猫回来的前一天，下了一场大雪，雪后天地一片银白。大雪覆盖了一切，包括人的脚印，包括猫的脚印，也包括人找猫的脚印。

雪天，是最不适合外出的，但姥姥望着皑皑白雪，忽然想起，雪后找猫也许是最好的时间。

“雪地可能会留下猫的脚印！”姥姥说。

雪地未必留下猫的脚印，但雪地一定留下了姥姥寻猫的脚印。也许正是姥姥的深深脚印，让黑猫找到回家的路吧？

可能是消失太久的缘故（对猫来说，消失几个月已经很久），黑猫忽然回来，完全在家人的意料之外。

那天，院子里忽然响起久违的猫叫声，“喵呜——喵呜——”叫声一声接一声。

我和姥姥还没来得及反应，只见猫洞的帘子一动，钻进一个熟悉的身影——黑猫回来了！

仿佛漂泊在外的游子回到家里一样，黑猫瘦了一大圈，容颜憔悴落寞。

它的脊梁处凸起一个大疙瘩，特别刺眼——它果然在外面过得不好！

姥姥判断说，黑猫应该是途经沙漠回家时被谁家关在储藏粮食的冷窑洞（为了让猫帮忙捉鼠），吃不饱、睡不暖、逃不出，才变成那样。

离家太久，又被关了太久，黑猫不敢相信自己已经回到家里。它这边闻闻，那边嗅嗅，通过嗅觉确认了家的味道，这才完全放下心来。

姥姥看黑猫饿得可怜，急着要去取食物喂它。

谁知它一看见姥姥，激动得不知说什么好，跑过去蹭着姥姥的腿死活不肯离开——用它毛茸茸的脑袋蹭姥姥，用它瘦骨嶙峋的身体蹭姥姥，用它的长尾巴高高翘起蹭姥姥，恨不能整个投入姥姥的怀抱。

姥姥的视线模糊了，脚步迈不动了，她蹲下去双手抱起它，抚摸它，安慰它。

它抬头看着姥姥，终于再也忍不住，“喵呜——”一声哭了。

那天下午，姥姥难得做了一小块肉。我吃得很少，因为我知道，那一小块肉是为谁而做的。

雪天寻猫

多年以后，面对漫天大雪，我总会想起姥姥带我去寻找黑猫的那个遥远的下午。

过完年，回姥姥家拜年的亲人蜂拥而来，又蜂拥而去：姨妈们跟着姨夫们走了，舅舅们跟着舅妈们走了。

众人离去后，天地间又纷纷扬扬下了一场雪。新雪覆盖了旧雪，和留在旧雪上的一切。

转瞬间，先前的繁华热闹恍若过眼云烟。

我跟姥姥站在院落外的雪地上，望着亲人们从来处来，又往去处去。

望着望着，姥姥的头白了，眉白了，身体也白了。我轻摇雪人姥姥，雪花从她身上簌簌落下。

我不敢再摇，担心她会碎掉。

“丫丫，快跟姥姥去找黑猫吧！”忽然，姥姥从送别亲人的方向转过身，低头看着我说。

黑猫是陪伴了姥姥十年的老猫。

姥爷离去后，唯有黑猫陪姥姥度过每一个漫长的白天，每一个漆黑的夜晚。一人一猫，不是亲人，胜似亲人。

亲人们回家拜年，黑猫看见家里一下子冒出许多陌生人，受惊躲到野外，已经两天一夜没回家了。

我跟姥姥冒雪去寻找黑猫。

姥姥牵着我在雪地里走，雪太深，一脚下去，腿几乎被淹没了。两人从雪中拔出腿，气喘吁吁往前迈。

我和姥姥都不怕雪，但害怕找不到黑猫，害怕一场大雪冻坏了它。

不料没走多远，就在雪地上发现了隐约的梅花瓣一样的脚印。我把美丽的梅花脚印指给姥姥看，姥姥的脸顿时盛开，灿如秋菊。

梅花脚印显然是猫咪的脚印。那脚印从远处走来，在离家不远处徘徊了一会儿，又掉头离去了。

原来在家人不知道的时候，黑猫曾经偷偷回来过。可怜小小一只猫，踏雪归来，却有家难回，可能家里还残留着客人们的气味，只好又默默地走了。

那么冷的天，那么黑的夜，一只猫不能回家过夜，又能去哪里过夜呢？

我跟姥姥循着猫咪留在雪地上的脚印，一路跟踪过去，来到一户人家的草房子跟前。

很显然，昨晚黑猫便是独自在单薄的草房子里过夜的。不知平时喜欢睡热炕头、喜欢睡在姥姥被窝的猫咪，是怎么忍受草房子的寒冷？

但是，不忍受又能怎么样？谁让它只是一只猫呢。

可是，我们怎么能忍受它受苦呢？它毕竟是一只猫，是我们不可缺少的家人啊！

我跟姥姥站在草房子外呼唤黑猫："咪，咪，回家了！"

回家过年的亲人们走了，暂短的热闹过去了，生活又回归平静了。平静的生活里，怎么能缺少一只日日相伴的猫咪呢？

当天傍晚，我跟姥姥回家不久，便隐隐听到猫咪的叫声。那叫声始终在不远处僵持着，并不靠近。

我跟姥姥迎出去，发现黑猫正躲在院外一棵大树后面，探出半个脑袋。

"半个脑袋"一看见姥姥，很快变成了"整个脑袋"，只是仍然站在远处，"喵喵"地询问着什么，不肯回来。

姥姥知道它是在问，客人真的走了么，家里真的安全了么，便絮絮叨叨一一回答。黑猫听了，这才放下心来，迈着猫步，迫不及待回到家里。

它四下看看，这里闻闻，那里嗅嗅——陌生人的气味果然消失了，姥姥说得果然没错！

它狼吞虎咽吃完姥姥留给它的肉，发现食物的味道一点儿没变，姥姥的爱一点儿没变。整只猫终于完全放松下来，立即像原来一样，跳上热炕，摆个舒服的姿势睡觉去了。

几天没休息好，是该好好补个觉了。

黑猫老去

黑猫十多岁时，又生了一只黑白色的小猫。姥姥给小猫取名“黑白”。

黑白是黑猫最后一个孩子。

随着女儿黑白一天天长大，黑猫渐渐老去。

不再谈恋爱，不再生孩子，不再玩耍，甚至不再捕鼠。

越来越佛性。

野猫抢走黑猫的食物，黑猫也懒得计较，有得吃便吃，没得吃便不吃。

不知从什么时候开始，喜欢吃肉的黑猫，竟渐渐开始吃素了。

秋天，家里很久没有肉吃，常常以煮玉米为食。女儿黑白看一眼便掉头走开，自己出去捉野味吃。

黑猫却不然。

姥姥揉下煮熟的玉米粒喂它，它便一粒一粒慢慢嚼着吃，一副甘之如饴的样子。

它原本不吃面条、馒头，现在竟也开始吃了。邻人偶尔来姥姥家，看见黑猫竟然跟着姥姥一起吃玉米，吃馒头、面条，无不啧啧称奇。

黑猫卧在门口晒太阳，一群毛茸茸的小鸡在院子里走来走去。

一只稚嫩的小鸡不停地在黑猫身旁刨食，还不时跟其它小鸡叽叽喳喳聊天儿，吵闹不休。

另一只不知天高地厚的小鸡看黑猫不发威，以为是病猫，竟大着胆子在黑猫身上啄了两下。

黑猫闭着眼睛，一副心平气静、置身事外的样子。

花喜鹊站在前坡的梨树上，远远看见有猫卧在院落里，便习惯性破口大骂。

花喜鹊一副气势汹汹的样子，应该是什么难听的话都骂了。在远处骂了一会儿，看黑猫没反应，喜鹊干脆飞到院落里，站在老梨树上继续骂。

黑猫动了动耳朵，它显然是听到别人在骂它。它老了，却并没有老糊涂。

但它充耳不闻，听之任之，晒着太阳安静睡去。

一睡泯恩仇。

一日，黑猫独自卧在阳台下午睡。

一只性格文静的小羊看黑猫那么人畜无害，毫不犹豫把黑猫看作是同类，走去卧在黑猫的身边。

黑猫睁开眼，看了一眼陌生的朋友，不欢迎，也不抗议，继续沉入睡眠。

小羊没有咩咩叫，它静静陪着黑猫。

如此，一只老猫，一只小羊，成了忘年交。它们一起安安静静度过了一个下午的美好时光。

后来，黑猫更加老了。

它毛色发黄，容颜憔悴，行动迟缓。整天安静地睡着，醒来后也总是很安静，几乎跟睡着了一样安静。

姥姥无论怎么喂养，也无法挽救它的衰老与离去。

为猫一生，黑猫最后的日子一天天逼近了。

面对死亡的到来，黑猫依然波澜不惊，平心静气。

它知道自己的处境，却并不害怕。

但是我和姥姥害怕。那些天，姥姥总是想方设法做饭喂它。

“想吃点什么？”姥姥常常这样问它。

“喵。”它缓缓仰头回答说，别劳心，吃什么都行呢！

姥姥握住它的爪子，它把爪子上所有的尖刺收起来，只把毛茸茸的梅花脚丫留在姥姥手里。

“咪，怕不怕？”一天，姥姥这样问它。

“喵。”它看着姥姥。老猫的目光与老人的目光相遇，她们相互瞅着对方的眼睛，温和地对视着。

姥姥用目光告诉黑猫，她会一直守护它。黑猫用目光回答姥姥，有姥姥陪着，老死并不可怕。

但姥姥还是怕，越是爱它，越是怕它离去。

作为人类，姥姥已经头发花白，却并未老去。作为猫，黑猫才十多岁，却要老去了。

人猫相依，度过漫长岁月，却注定终有一别。

黑猫深情陪伴姥姥十余年，终于再也陪不了了。

几天后，黑猫消失了。

我和姥姥寻找好几天，终无下落。

有人看见黑猫消失在山谷那边一堆枯木后面。姥姥赶到枯木后面寻找，却没有找到。

它永远不会回来了。

山谷里的白发老人说，猫咪总会在老去之前不辞而别，独自找个偏僻处静静死去，以免惹主人伤心。

听到那句话的时候，姥姥正站在风里。

风一吹，她的头发更白了。

黑白传奇

黑猫的最后一个孩子名叫黑白。

黑白从小在姥姥的关怀喂养下长大，比它的母亲黑猫更聪明，更通人性。

黑白的母亲黑猫几乎被姥姥当作女儿，却在不久前不幸老去。

黑猫老去后，姥姥极度伤心，她回到家里，把黑白紧紧抱在怀里，一时间老泪纵横。

她没有将黑猫死去的消息告诉黑白，只是反复摸着黑白的脑袋，用肢体语言对黑白诉说："还好有你，还好有你!"

黑白的身上流淌着黑猫的血液，黑猫以黑白的形式得以重生，继续陪伴着姥姥。

后来黑白又生了孩子，继续陪伴着姥姥。

它们祖孙四代合起来陪伴姥姥三十多年，陪伴了姥姥整个的后半生。

黑猫老去后，黑白女承母业，担任起捕捉老鼠、陪伴姥姥的家庭责任。

白天，姥姥在山谷劳作，黑白常常陪着姥姥到田野去，它毛茸茸的梅花小脚丫几乎陪着姥姥走遍了山谷的纵横阡陌。

姥姥在田野劳作时，它便在田野捉老鼠，在田埂睡觉，或者追着自己的尾巴玩耍。有时追着鸟儿奔跑，跑着跑着跑远了。

姥姥劳作结束，回家时大声呼唤“咪子!”不一会儿，庄稼地里谷物轻轻摇动。姥姥定睛一看，是黑白穿过庄稼向她跑来。

“喵喵!”它叫了几声，那是在回答姥姥，“我在这儿呢!”

姥姥偶尔去山谷外面赶集，要走很远，担心黑白跟着她会走丢，便不许黑白随她出门。

她把黑白关在屋里，给它留下足够的食物、清水，然后出门去了。

姥姥还未走出山谷，忽然脚下被什么东西绊了一下。低头一看，原来是黑白在它的脚边跟着呢!

姥姥又是生气，又是怜爱，只好抱着它一起去十里之外的集市。

集市上人来人往，姥姥买了腊肉，正要给黑白一个惊喜，却发现黑白不见了。

姥姥焦急地在人群里往来穿梭，反复寻找，却始终不见黑白的踪影。

天黑时，姥姥焦急疲惫地往家赶，离家半里之远，忽然看见一个熟悉的猫影狂奔而来——竟然是黑白，原来它自己回家了！

一个才一两岁的猫咪，竟然独自从十里之外的陌生地方找到了家！

姥姥又惊又喜，把黑白抱了老半天，才想起喂给它买来的腊肉。

看着黑白津津有味享用腊肉，好几个月没有吃肉的姥姥心满意足地笑了。

第二年早春时间，黑白与一只公猫约会了。

那段时间，黑白常常逗留在外。有时姥姥做好了饭，它便回来了；有时姥姥做好了饭，还不见它回来，便出去喊它："咪子，吃饭了！"

不一会儿，黑白穿过山谷，跑回家来。

回来后，黑白不吃饭，先翘着尾巴，拿身子在姥姥腿上蹭来蹭去，喵喵叫着，它是在说："我回来了，回来了！"

后来，姥姥出门时不再把黑白关在屋里，也不再时时刻刻把它带在身边。

任何时候，当它不在姥姥身边的时候，当姥姥担心它、想念它的时候，只需冲着谷里喊“咪子，咪子”！

不一会儿，黑白便从山谷的东边，或西边，或南边，或北边，奔回姥姥的身边。

白天如此，夜晚如此，约会时也如此。

姥姥对着山谷喊“咪子咪子”，就如同阿里巴巴对着藏有宝藏的山洞喊“芝麻开门”一样神奇。

对于孤独的姥姥来说，猫咪黑白不是宝藏，却胜似宝藏。

猫语谁人懂

早春，一个普普通通的日子，但对于猫咪黑白似乎很不寻常。

不知为何，整个下午，它总是缠着姥姥：姥姥上坡抱柴，它紧紧追在姥姥身后；姥姥淘米做饭，它心神不宁地在姥姥脚下来回穿梭；姥姥舀水饮羊，它跟着进了羊圈；姥姥在屋前打草，它在姥姥腿上蹭来蹭去，差点儿把姥姥绊倒……

姥姥忙着干活，以为它只是撒娇耍赖，便不理睬它。后来被缠得烦了，赶它，它也不走。问它，它喵喵叫着，说不出一句人话。姥姥着急，它也着急。

邻人来家，碰巧看见姥姥被一只猫缠得迈不开脚，挪不动步，转不开身，笑姥姥宠坏了猫，不然猫何以那等放肆。

“一只猫嘛，一脚踹开得了！”邻人给姥姥出主意。

姥姥没有踹猫，她放下手头正忙的活儿，弯腰把黑白抱在怀里。不抱则已，一抱，发现黑白比前些日子沉重了许多；一看，发现黑白比前些日子肥胖了许多！

原来黑白是怀孕了。这日举动异常，情绪波动，纠缠姥姥，莫不是要生孩子？

姥姥想到这儿，匆忙找了一个柳编的筐子，在里面铺了厚毯子，放在屋里最暖的角落。

那个筐子是当年它的母亲黑猫生孩子时姥姥送的“产房”，也是黑白的婴儿房。黑白立即两眼放光，如获至宝。

它迫不及待跳进柳筐，踏踏实实卧在筐里，不再缠着姥姥，也不再喵喵叫个不停了。

不一会儿，两只小猫在柳筐里出生了。

姥姥猜得没错，原来整个下午黑白是被产痛逼急了，才缠着姥姥不放。

设想一下，婴儿们已经在身体的出口处排队等待出生，母亲却还没有找到一个安全的地方去生孩子。

无奈，黑白只好求助姥姥，谁知姥姥老迈糊涂，大半个下午竟听不懂猫语。而姥姥身边那个名叫丫丫的小姑娘，更是懵懂幼稚，不知怀孕生子为何物。

老人，小孩，猫咪，一家三口相亲相爱。

可是一只猫在生命的关键时刻却是孤独的。语言不通，交流障碍，求助迟迟得不到回应。

另一些时候，女孩是孤独的，老人不懂女孩，猫咪也不懂女孩。

更多的时候，老人是孤独的，女孩不懂老人，猫咪也不懂老人。

不懂归不懂，谁又能真正懂得谁呢？

幸好有爱！

姥姥因为爱女孩，爱猫咪，才日日养着女孩与猫咪；女孩因为爱姥姥，爱猫咪，才依恋姥姥与猫咪；猫咪因为爱姥姥，爱女孩，才求助姥姥与女孩。

因为爱，老人才会在猫咪黑白生子的关键时刻，放下手头的活儿，弯腰抱一抱它。

正是那一抱，不懂猫语的姥姥，读懂了猫咪的请求，及时为猫咪备好了产房，给了猫咪一个避风的港湾，给了猫咪一个家的温暖。

猫语谁人懂？

爱猫的人，总会听得懂。

因为爱，黑白似乎也懂得了姥姥。

它生下来两只小猫。一只不幸死掉，一只健康活下来。

活下来的是一只黑猫——与黑白的母亲（那只陪伴姥姥十多年的黑猫）长得一模一样的黑猫。

黑白似乎懂得姥姥思念它的母亲黑猫，所以它特意生了一只黑猫给姥姥。

姥姥紧紧地把小黑猫抱在怀里，泪眼迷离。

她知道，黑猫是以轮回的方式，回到了她的身边。

偷食的黄猫

一只大黄猫，经常到姥姥家偷食。

它偷食的本领特别高明：粮仓的门本是紧闭的，一般猫根本打不开，它却可以。具体如何办到，无人知晓。

无奈，姥姥只好给粮仓上了锁。这一招奏效了一段时间，却又不灵验了。

姥姥走进粮仓，发现熟食又被动了手脚：装着猪蹄的锅子歪斜着，锅盖被掀翻在地，猪蹄被毫不客气地啃了一个乱七八糟。

姨妈送回来的猪蹄肉，我、姥姥、黑猫还没舍得怎么吃，却被大黄猫大饱口福了。

门明明上了锁，大黄猫到底如何进入粮仓的呢？

姥姥仔细观察，才发现纸窗破了一格（木制的窗格子，纸糊的窗户）。原来它竟然懂得打破窗户！

我们深感诧异，更多的是不安——贼猫如此大胆狡猾，窗户不可能随便更换，可怎么办呢？

思来想去，姥姥在熟食的盖子上面又扣了一只柳编的大笸箩，不仅增加了锅盖的重量，还是障眼法，无声地告诉贼猫，这不是装熟食的锅子，不过是一只笸箩罢了！

这一次，大黄猫一定傻眼了吧？

安静了几日。

一天傍晚，我瞥见一团黄影闪过，赶快追出去，只来得及看到大黄猫的尾巴一闪，便消失不见了。

姥姥闻讯而来，打开粮仓查看究竟，不由暗暗吃惊，笸箩和锅盖全都被打翻在地上，熟食被吃掉大半！

邻人建议姥姥用药——把无味的农药搅拌进熟食，保证大黄猫一命呜呼。

这的确是个一劳永逸、永绝后患的好办法，但姥姥于心不忍。

姥姥朝着大黄猫消失的方向，穿过纵横阡陌，找到大黄猫的家，希望大黄猫的主人管管它，但失败了——原来大黄猫的主人是个单身汉，自己吃饭都饥一顿饱一顿，有一顿没一顿，又哪里顾得了猫咪呢。

姥姥不去大黄猫家还好，既然去了，又得知了大黄猫的处境，不禁同情起它来——没人给猫做饭，没人给猫关心，没人给猫烧暖贪睡的炕头……

在那样的家里，猫咪的日子还有什么幸福可言呢？

姥姥给我讲完大黄猫的家庭状况，眼角微微有些湿润。

不久，大黄猫又来偷食。

它探头探脑跳墙进来，一进院子，刚好与走出屋门的姥姥打了个照面，愣了一下，立即跳墙逃跑。

这次，姥姥却没准备骂它，反而主动请它吃饭。她冲着大黄猫消失的方向喊："咪咪，咪咪！"

家猫的食物还剩了半碗，刚好够另一只猫咪吃。姥姥是真心实意想请食不果腹的大黄猫吃一顿饱饭呢。

但大黄猫毕竟做贼心虚，跳墙被发现已经十分紧张，听到姥姥的喊话，心里更加慌乱，便头也不回地加速跑掉了。

经过这次惊吓，大黄猫好几日没有出现。

过了一段时间，大黄猫再次来偷食了。

那一天，它一定高兴地偷偷笑出了声——粮仓的门忘了上锁，半碗猫食赤裸裸放在粮仓地板上，没有盖盖子，也没有设置任何障碍。

大黄猫狼吞虎咽大快朵颐。饱餐之后，它可能深感幸运——幸亏姥姥忘记锁上粮仓。它没料到，后来姥姥忘记锁门的事情竟然经常发生。

从此以后，大黄猫的偷食几乎变得像家猫吃食一样容易，很少再忍饥挨饿。

大黄猫一定以为姥姥老糊涂了，健忘了。

它不知道，姥姥不但不健忘，而且记忆力很好呢——她总记得，每隔几天就要忘记锁一次粮仓，并往粮仓里放一大碗猫食呢！

猫眠花树下

跟姥姥出去打柴。

正是桃花盛开的季节，山谷里，漫山遍野的桃花全都绽放了。

跟着姥姥走过邻居家的果园，透过果园矮矮的篱笆墙，看见一只胖乎乎的黄猫独自安眠在花树下。

午后的阳光暖洋洋、亮晃晃照在它身上，它毛茸茸的脑袋枕着毛茸茸的脚丫，睡得正香呢。

我站在篱笆墙外喊它，它微微抬起头，睁开眼睛瞅了我一眼，又继续睡觉去了。

猫咪在野外见到陌生人一般都会远远逃跑。但胖黄猫没有跑开，这意味着它信任我们，它知道这个老人和这个小丫丫不是坏人，不必戒备，更无须逃跑。但它也不会贸然交往。

那天夜里梦到邻居的果园，梦到花树下的自己把胖黄猫妥妥地抱在手里，醒来后发现手里空空的，心里随之也空空的。

趁姥姥不备，我偷了一片姨妈送回来的饼干，悄悄跑去邻居的果园。

春风拂面，风一吹，粉红色的花瓣纷纷落下，像下一场桃花雨。桃花雨下啊下啊，在酥软的土地上铺了厚厚一层，果园美成了童话里的仙境。

我踮起脚尖，朝果园里张望，不知胖黄猫有没有安眠在花树下。

看了一会儿，不见胖黄猫。担心它在睡梦中被落花覆盖，便轻轻喊它："咪咪，咪咪！"

喊了两声，正要接着喊，忽听猫咪喵喵回应，转头一看，不是别的猫，正是胖黄猫钻过篱笆墙，朝我跑来。

我喊它："咪咪，咪咪！"

它回应："喵喵，喵喵！"

只因前一天花树下偶一抬头，胖黄猫便记住了我，愿意亲近我。它高高翘起尾巴，脑袋、身体、尾巴在我腿上蹭来蹭去，还仰头喵喵叫着跟我说话。

我受宠若惊，掏出口袋里偷来的饼干喂它。它来不及说声谢谢，立即低头津津有味地吃了起来。吃完了，抬头看着我的眼睛，喵喵叫着，询问还有没有饼干了。

它真把我当朋友，刚刚交往，就毫不客气。可惜我只偷了一片。若要再给它一片，就得回家再偷一次。

姨妈带回来的饼干，姥姥不舍得吃，全部留给我吃。但饼干只有一包，太少太珍贵。为了让我常常能吃到饼干，姥姥藏起了饼干，隔几天才取出一片给我。

如果我偷了饼干给猫咪，就是偷了自己的饼干给猫咪，猫咪多吃一片，我就少吃一片。吃完了，就再也没有了。

怎么办呢？我想着饼干的美味，那么脆，那么甜，那么香……纠结了一会儿，终于还是决定自己少吃一片，再偷一片给胖黄猫。

我抱着胖黄猫回家，走到姥姥院落外的山坡下，胖黄猫忽然挣脱我，跳下去站在地上，不肯跟我上坡回家。原来它知道姥姥家不是自己家，不该随随便便去别人家做客。

我理解胖黄猫的顾虑，便叮嘱它原地等我，等我偷了饼干回来喂它。它默默听着，不置可否。

我爬上山坡，回头再看，胖黄猫还在原地等着。我偷出饼干，下坡去找它，它远远看见我，兴高采烈地跑过来。

它竟然那么信任我，相信我不会辜负它。而我也真的不负猫望。

从此以后，我和胖黄猫便是彼此信赖的朋友了。它依然不肯跟我回家，我们只在它家的果园附近见面。

我仍然偷我的饼干喂它，直到饼干全部被喂完。

再次在果园见面时，我已经没有饼干了，一片都没有了。

当胖黄猫兴高采烈地跑向我，一脸期待看着我时，我耐心向它解释，饼干已经吃完了，再没有东西给它了。它跟我讨要半天，见我真的没有饼干，便不再为难我。

我坐在篱笆墙边玩泥巴，它紧挨着我，在墙边向阳的角落卧下来，默默陪着我。我轻轻抚摸它，它闭着眼睛慢慢享受。享受着，享受着，打着呼噜睡着了。

春风徐徐吹着，有时小，有时大。风大时，会有桃花花瓣飘出篱笆墙，飘落在我的身上，飘落在胖黄猫的身上。

那时候，我变成了一个坐在花树下的“花姑娘”，它变成了一只眠在花树下的“花猫”。

猫有没有九条命

传说猫有九条命。

山谷里的白发老人说，猫前生前世死去，今生今世可以活过来；今生今世死去，来生来世可以活过来……直到活够九生九世，才会彻底死去。

幼小时，我曾经相信猫有九条命。

跟着姥姥穿过山谷去打草，经常遇见一只小花猫。小花猫一身黄白相间的皮毛油光发亮，一双金色的大眼睛真诚友好。它蹦蹦跳跳，无忧无虑，天真快乐。

第一次相遇，彼此素不相识，小花猫就对我一见如故。它喵喵叫着跟我打招呼，欢快地奔跑着追随我，直到姥姥赶它回去，它才恋恋不舍地停住脚步。

一天，我独自穿过山谷去打草。小花猫又追着我跑了好久，我赶它回去，它还是执着地尾随而来。

不一会儿，一人一猫走到谷中一口废弃的深井旁。我趴在井口向下望，只见那井空洞洞、黑幽幽，深不见底。

废井里到底还有没有水？我很好奇。扔一个土块下去，没听见水响。扔一个石块下去，还是听不见水响。也许是土块、石块太小了，激不起水声——要扔大一点儿、重一点儿的东西下去才好！

环顾周围，没有找到适合的东西。

那时候，小花猫已经追到我的脚边，抬头冲我“喵喵”叫着，显然是在询问我：你在看什么？让我也看看好吗？

我的脑子里闪过一个念头——就让它下井看看有没有水吧，反正它有九条命呢，不会死。

我俯身抱起小花猫。它很高兴我能抱它，喵喵叫着讨我欢心。我轻轻举起它，举在井口上方，然后松了手……

废弃的深井里到底有没有传来水的声音，井里到底有水还是没水，不知道！

一刹那，我完全失去了对井水探索的兴趣。

两只耳朵里充满了猫咪恐惧的惨叫声“喵呜——喵呜——喵呜——”

我的脑袋“轰”一声响，怀疑自己可能做错了事——猫咪可能没有传说中的九条命，它可能也会受伤，甚至……也会死——活生生被摔死，或者活生生被淹死！

我害怕极了，心怦怦乱跳，慌慌张张逃离了井边。一个人跑去打草，却一直心神不宁，不知猫咪有没有被摔伤，有没有被水淹着，有没有从废弃的井里爬上来（猫可是会爬树的），有没有安全回家。

胡乱打了半筐草，便匆匆返回。飞奔到废井边，侧耳倾听，井里异常安静。仔细查看井口周围，没看到猫咪爬出来的脚印。忐忑不安赶到遇见小花猫的小路，也不见猫的踪影。

终于明白，小花猫再也不会回来了！心里又害怕，又悲伤，又悔恨，既不敢告诉邻居，也不敢告诉姥姥，一个人坐在遇见小花猫的地方哭了好久，好久。

二十年以后，我早已离开山谷，幼年时的许多事已经不复记忆，但小花猫落井事件依然牢牢记在心头，难以忘记。

我不敢奢望小花猫能原谅我，无论是原谅孩童的好奇、愚昧、无情，还是人性之恶，我都不敢奢望。我活该受到良心的谴责！

山谷里的白发老人说，猫有九条命。

我已经不太相信这个传说了，但我真心希望猫有九条命——真心希望小花猫在失去第一条年幼的生命之后，还能用另外的八条命继续活着。

并且，再也不会受到任何伤害。

野猫回家

受疫情影响，时隔整个春天，我才又回母亲的村庄。

站在院落外喊母亲，没有回应，母亲该是去田野劳作了。转念去喊黑猫："咪咪!"

"喵喵!"透过院门缝隙，我看见黑猫钻出猫洞，跳下阳台，直冲我跑了过来。

跟着黑猫回到屋里，发现它又生了四五只小黑猫。

"喵喵，喵喵……"小黑猫们一看见我，纷纷跟我打招呼。

我打开肉干慢慢喂它们。

忽然，屋门外传来一声委委屈屈的猫叫声："喵呜——"

循声望去，但见一只小灰猫躲在门后，正眼巴巴地盯着黑猫们的肉干。

我另取了一条肉干喂小灰猫，小灰猫本能地迈开前脚，却又怯生生地收住了。

人猫相持间，母亲回来了。

原来小灰猫是春天跑来的野猫。往年谁家生了猫仔，总会送给没猫的人家。今年疫情肆虐，邻居们不好相互走动。生了猫仔的人家养不了太多猫，不得不把猫仔放野。

被放野的小灰猫来家已有几个月。

每天在院落吃，院落住，伤心委屈，“喵呜喵呜”哭泣，却警惕戒备，不肯回屋生活。

“秋凉后，得请它回屋住呀！”母亲说。

她的神态、语气像极了二十年前的姥姥。

二十年前，家里也曾跑来一只野猫。

姥姥日日喂养它，它却院落吃，院落住，大冬天，仍不肯回屋生活。

姥姥便每天把猫食碗向屋子的方向挪一点儿。不久，猫食碗进了屋，猫也跟着进了屋。

姥姥家里从此少了一只野猫，多了一个家人。

而今，母亲家里也必将少一只野猫，多一个家人。

一个长着尾巴的家人。

第二章

吃草的家人

CHICAODEJIAREN

等羊

二十年前，姥爷还在世，姥姥家也曾养过一些羊。

家里无人放羊时，便把羊托给谷里的牧羊人放牧。

牧羊人迎着晨光出发，到各家各户接羊，羊群由小变大，最后成为浩浩荡荡的一大群。牧羊人赶着羊群到山谷深处去放牧，放足一整天，傍晚时赶着羊群归来。

羊群归来，羊们各回各家。老羊们总能找到回家的路，不必主人操心，便会循着熟悉的羊路，一路小跑回到家里。

年轻的羊则不然，常常会迷路。

羊群正经过家门口，年轻羊却认不出自己的家，竟然过家门而不入，茫然跟着羊群一路走远。最后，不是迷迷瞪瞪跑到了别人家，就是一直跟着牧羊人，去了牧羊人的羊圈，在别人家过夜。

如此，羊虽然不会走丢，但常常不回家，常常在别人家吃草过夜，成了人家的不速之客，毕竟不是好羊品行。

怎样才能使所有羊全都回家呢？

唯有在羊群归来时，等候在路口，一只只认领回来。

起初，我跟着姥爷去等羊，或跟着姥姥去等羊。后来，便常常独自去等羊。

冬天的晚上，羊群归来很早，不用等羊。

但夏天的晚上，羊群贪吃青草，总是归来很晚。羊群归来时，羊们个个头上戴着明晃晃的月亮，身上披着漫天的繁星。

宁静的夜晚，远远地听到羊群归来的声音：牧羊人的歌声，羊群此起彼伏的咩叫声。

羊群走近，牧羊人在星空下看见等羊人，便用独特的语言——姑且称之为羊语——向羊们发出回家的口令，羊们听到口令，便像小学生听到放学的铃声似的，离开羊群，跑回家里。

牧羊人一只一只数着，等一户人家的羊全部回去了，便对等羊人汇报一声：“够了！”

然后唱着歌，赶着还没回家的羊群往前走去。

如果哪户人家的羊没有全部回去，牧羊人便喊停羊群，目光在羊群一扫，很快认出不肯回家的羊，捉出来交给主人领回家去。

如果哪只羊认不出回家的路，或者认出了，偏偏不肯跟等羊人回家，怎么办？

第一次单独等羊，我心里七上八下，忐忑不安。等了一次以后，发现只要有牧羊人在，一般情况下，所有羊都会乖乖回家，完全不用担心。

后来单独等羊，便渐渐放松了。

怎样放松呢？自然是躺下来放松。

等羊的路口，处在山谷与沙漠的交界处。沙漠坡势平缓，沙子干净，在阳光下总是闪着金光，在月光下总是发出银光。

躺在银色的沙坡上，头顶是一望无际的广袤星空，身下是苍茫柔软的沙漠。

独自在沙坡乐此不疲地玩“沙漏”的游戏：抓一把沙子，一丝丝漏下去，再抓一把沙子，一丝丝漏下去……

玩着玩着玩腻了，便躺下来数星星。数着数着数困了，便倒在沙坡睡着了。

在梦里被姥姥推醒。醒来，一时不知身在何处。

“丫丫，回家了！”姥姥的声音，似乎离得很近，又好像离得很远，有些虚无缥缈。

终于想起自己是在等羊了——羊呢？

羊早已自己回家了。

裸体羊的无奈

每年春天，姥爷都要剪羊毛。

所谓剪羊毛，就是将羊捆绑、放倒在地，拿着大剪刀，一下一下，剪掉羊从头至尾的所有毛。

剪羊毛是为了给羊换掉捂了一年的厚厚的“羊毛衫”，换上薄薄的春衫，清爽过夏。但羊们完全不领情——没有一只羊心甘情愿被剪毛。

没剪毛之前，羊都体体面面穿着羊毛衫。剪毛之后，羊毛衫一下子完全被脱去，只剩下近乎光溜溜的一个裸体，明晃晃暴露在光天化日之下、众目睽睽之中，哪只羊受得了呢?

“太裸露了!”“太害羞了!”“太丢羊了!”……

如果人能征求羊的意见，羊们肯定坚决不同意，会七嘴八舌地抗议。但人们完全不征求羊的意见。羊们分别被捉出羊圈，挨个儿剪了毛才被放回去。

最先剪了毛的羊如遇大赦，如释重负回到羊圈。它们不敢照镜子，更不敢看别的羊，只想着吃口草压压惊。谁知一口草还未吃下去，只听“砰”的一声——它挨了其它羊的攻击！

别的羊嫌弃它变成了裸体羊，嫌弃它在光天化日下裸奔，不符合羊的审美观念与传统美德，便直接用羊角抗议了！

被顶的裸体羊无可奈何——仅有的一件羊毛衫被主人剪掉了，让它去哪里找一件新衣服穿呢？

其它羊看它丑得不堪入目，顶几下撒撒气，也便原谅它了。

只有那只最魁梧的种公羊依然不肯原谅裸体羊，瞅准了裸体羊的身体，狠狠顶过去，退后几步，蓄积力量，再次顶过去。

正当裸体羊孤独无助之时，另一只裸体羊也回到了羊圈。种公羊不看不知道，一看气得不得了——难道裸体现象已蔚然成风吗？它不得不暂时放过第一只裸体羊，怒气冲冲去惩罚第二只裸体羊。

随着群羊先后剪了毛，先后回到羊圈，羊圈里便不断传来种公羊顶羊时发出的“砰——”的声音。

姥姥看裸体羊们可怜，便让姥爷先给种公羊剪毛——等它自己也变得赤裸裸的时候，看它还好意思顶其它羊吗？

这个办法实在太妙了。如果种公羊知道是姥姥的主意……它恐怕也无可奈何了，因为很快……它自己也变成裸体羊了！

“咩——”种公羊瞅着自己的裸体，发出长长一声悲鸣。它可能想像其它羊一样持续尖叫，以表达自己复杂的心情，但它忍住了。它毕竟是羊王，怎么好意思在臣民们面前惊叫！

种公羊只好把裸体的紧张、害羞全藏在心里，故作镇定、若无其事回到羊圈，希望自己的裸体不被发现。可是那么巨大一只种公羊，赤裸裸出现在羊圈，哪只羊看不见呢？

“砰——砰——”只听羊顶架的声音不断传来，与先前不同的是，这一次被顶的不是其它羊，而是刚刚进圈的种公羊。

若是在平时，种公羊凭借自己的高大、魁梧、勇猛，打败任何一只羊都不在话下。但是此时非同彼时，种公羊因为被剪了羊毛，忽然自卑起来，一时间似乎只想找个地缝钻进去，全无心思打架，刚好被其它羊趁机一顿狠打……

随着天气越来越暖，羊们才渐渐悟出主人剪羊毛的良苦用心来，也渐渐看惯了裸体的同类，接受了全新的自己。

至于羊毛衫，暂时失去又有什么关系呢。随着时间一天天流逝，羊毛一天天长长，到了冬天，每只羊都会重新拥有一件羊毛衫，跟往年的那件一模一样。

大耳朵羊

大耳朵羊因为耳朵大，被取名为大耳朵。

大耳朵第一次听到别人喊大耳朵，以为叫的不是自己，叫的多了，才知道大耳朵是自己的名字。

后来别人再叫大耳朵，它便“咩咩”叫着以示应答，坦然自若地接受了大耳朵这个名字，也不管大耳朵这个名字是否有损它作为母羊的形象。

大耳朵不但耳朵大，嘴巴也大，乳房也大，心胸也大。耳朵大，什么话都能听进去；嘴大，什么草都爱吃；乳房大，一望而知！（它从不穿胸罩）心胸大呢？心胸大，不但哺乳自己的孩子，还常常哺乳其它母羊的孩子。

一只年轻美丽的母羊第一次生孩子，完全不懂自己是在生孩子，更不懂孩子生下来要怎么办。

等小羊一从自己的身体里分离，年轻母羊回头瞥了小羊一眼，被吓了一大跳，立即“咩——”地惊叫一声，慌不择路跑开了。它跑到羊圈的另一头，感觉稍稍安全了些，这才再次回头，疑疑惑惑地又看了小羊一眼，依然惊魂未定地尖叫：“咩！——”

但见那刚刚出生的小羊——血肉模糊的一团——并未拔腿追来，年轻母羊这才渐渐松弛下来，若无其事地吃草去了。

姥姥闻讯赶来，救起被抛弃的小羊。正常情况下，该是母羊充满母爱地舔干小羊的时候了，但年轻母羊逃都逃不及，又怎肯用舌头去舔干小羊！

姥姥无奈，只好将羊羔抱出羊圈，用铁锅炒暖了黄沙，用温热的黄沙慢慢搓干湿漉漉的羊羔，又给羊羔裹了一件旧衣服——她替母羊完成了作为母亲的第一个使命，至于第二个使命——哺乳，却是心有余而力不足了。

怎么办呢？只好将小羊抱给它的母亲碰碰运气。

姥姥将羊羔抱给年轻母羊，絮絮叨叨给母羊讲述作为母亲的责任，但年轻母羊充耳不闻。

姥姥要我帮忙捉住年轻母羊，尝试着将羊羔送到母羊的身下去哺乳。谁知羊羔的嘴巴才碰到母羊的乳房，母羊打个哆嗦，尖叫一声，“呼”一下挣脱我们逃走了。

捉了逃，逃了捉。如此几次之后，年轻母羊有了戒备之心，再捉，就难了。晓之以理、诱之以利、动之以情，通通不管用。可怜小羊饥肠辘辘，却不能如愿吃一口香甜的母乳。

姥姥只好抱着羊羔向其它生了孩子的母羊求奶，但全被拒绝了。有的母羊喂完自己的孩子，已经没有多余的乳汁喂给别的羊羔了。有的母羊乳汁虽有剩余，却很吝啬，坚决本着“肥水不流外人田”的原则，不肯让自己的乳汁流入别人家孩子的嘴里。有的母羊看姥姥的面子，勉强为羊羔喂了几口奶，却趁姥姥不注意，立即挣脱悄然离去……

就在姥姥一筹莫展之时，大耳朵羊带着它的孩子慢悠悠走过姥姥的面前，姥姥眼前一亮，何不求求大耳朵呢？

姥姥叫住大耳朵，摸摸大耳朵的大耳朵，大耳朵便一动不动站住了。

“大耳朵，”姥姥把小羊羔放在大耳朵身边，说，“帮帮它吧！”

没等大耳朵回答，饥饿的小羊羔踉踉跄跄站起来，迫不及待钻到大耳朵身下，双膝跪地，如饥似渴（其实是真的饥，真的渴）擒住大耳朵饱满的乳房咕咕吮吸起来。

大耳朵愣了一下，本能想要躲开，但低头一看，竟是那么瘦小可怜的一只羊羔，它终于没忍心走开。

不但没走开，它还低头舔了一下小羊羔。这一舔，更舔出了情感。

从此，大耳朵就把被年轻母羊抛弃的小羊羔当做是自己的养子了。

大耳朵羊原本只生了一个孩子，却忽然成了两个孩子的母亲。

喂养别人的孩子，一般母羊是很难接受的，但大耳朵大大咧咧、坦坦荡荡接受了——从此以后，再也无需姥姥絮絮叨叨劝说，无需姥姥帮忙将小羊羔送到大耳朵身边，大耳朵自觉为小羊羔喂奶，心甘情愿。

大耳朵羊不但喂养养子，还保护它。偶尔有其它羊顶小羊羔，或追赶小羊羔，大耳朵便会及时赶到，赶走不怀好意的大羊，为养子解围。

小羊羔有了养母的细心呵护，瘦小的身体慢慢长大，心里的伤疤也渐渐愈合了。它不自卑不忧伤，从容安静的气度，竟渐渐有几分像大耳朵羊了。

大耳朵羊呢，最初对待亲生孩子与养子还略有区别，但时间久了，便一视同仁，它似乎已完全将养子视如己出了。

母羊喂养两个小羊会日渐消瘦，大耳朵羊也不例外，它原本体态丰满、珠圆玉润，近来却大有“为伊消得人憔悴”之感。姥姥看在眼里，疼在心里，除了偶尔给它开个小灶外，别无他法。

大耳朵倒是不把消瘦放在心上，为了喂养养子，它显然“衣带渐宽终不悔”！

两个羊羔吃饱喝足，蜷着身子呼呼大睡。大耳朵羊不睡，它嘴里慢慢咀嚼着食物，默默守护着两个睡熟的孩子。它看起来安静而知足，要比那个抛弃孩子的年轻母羊有女人味儿得多。

两只小羊虽是异父异母，但吃着同一个母亲的奶长大，天天一起嬉闹玩耍，长得竟越来越像了，就连姥姥有时也分不清哪只是大耳朵的亲生子，哪只是它的养子了！

不知大耳朵羊自己能不能分得清呢？它也许还分得清，也许已经分不清了，但这显然并不重要。

夜晚，姥姥带我出去查看羊圈。如水的月光下，大耳朵羊静静地卧在羊圈一角，身边卧着两只睡熟的小羊羔。

姥姥放心了。她知道，大耳朵母子三人将相依相偎度过漫漫长夜，也将一起迎来崭新的黎明。

白山羊和它的黑孩子

在姥姥的羊圈里，白山羊是其中最白的一只，也是最美的一只。

春天来临，母羊们各自生出自己的孩子，日日喝水吃草，哺育孩子，过着平静幸福的生活。

白山羊也生了一个孩子，它也日日喝水吃草，却不愿意哺育自己的孩子。哪怕姥姥捉住它，劝说它哺育孩子，它也会奋力逃脱，置孩子于不顾。

为什么呢？因为白山羊第一次生孩子，不懂得做母亲的职责吗？不是，它已经生了三胎了。因为它缺乏母爱，不是贤妻良母吗？也不是，它对往年生的孩子都照顾得无微不至。

真正的原因是……它嫌孩子黑！因为，它破天荒生了一只黑羊羔！

最初，当山谷对面的白发奶奶向姥姥道出这个原因时，姥姥还有些疑惑，可是没过几天，她就相信了。

那天，姥姥又捉着白山羊，劝说它哺育孩子，又没有成功。

姥姥无奈，打算到山谷对面白发奶奶家挤羊奶喂养小黑羊。就要走出羊圈时，她无意中一回头，惊住了——只见白山羊正在给一只白色的小羊羔喂奶！

原来，它不是不喜欢小羊羔，而是如白发奶奶所言，唯独不喜欢它自己意外生出来的黑羊羔。

姥姥明白了白山羊不哺育孩子的真相，倒没有生它的气。

她明白白山羊的心思：白山羊天生丽质，长得像白天一样白；孩子却天生丑陋，长得像夜晚一样黑……不要说羊想不通，这事搁在人身上，人恐怕也要想不通吧？（人可能更想不通）

白山羊想不通归想不通，但黑羊羔才是自己的亲生孩子，这一点儿它心里终究还是清楚的。

每次喝水前，吃草后，白山羊蓦然回首，看见黑孩子独自一人可怜巴巴蜷缩在羊圈一角，饿得咩咩叫，也还是会心疼的吧？

事实证明，白山羊真的会心疼。

当姥姥再次捉住白山羊，当我把小黑羊抱到白山羊的身下时，白山羊没有再奋力挣扎逃脱。

它低头看了一眼跪乳的小黑羊，看它那么可怜无助，看它如饥似渴地吮吸着乳汁，忽然间心就软了，目光就柔和了。

从那以后，白山羊又重新变成了一个好母亲。

小黑羊得到亲生母亲的全心哺育，开始茁壮成长，很快便长得胖乎乎、毛茸茸，可爱又帅气。

为了讨白山羊的欢心，证明自己是白山羊的亲生孩子，小黑羊暗暗努力成长，极力想长成母亲那般雪白的模样。

功夫不负有心羊，忽一日，我和姥姥惊讶地发现小黑羊变了——它不再全身夜黑了，而是悄无声息地长出了些许白毛，白耳朵，白鼻梁，白腿！

不知道白山羊有没有发现黑孩子的改变呢？

也许，白山羊看到了黑孩子的白，虽然那白斑斑点点，遮不住一身的黑，但是在母亲的眼里，那斑斑点点的白，应该像夜空的星星一样闪耀吧？

也许，白山羊还没有发现黑孩子努力长出来的那斑斑点点的白，但它早已不在乎黑孩子的黑了。在母亲眼里，黑孩子那一身的黑，应该像初夏的夜晚一样祥和吧？

小黑羊弱小时，姥姥曾担心它会受其它羊欺负——羊圈里全是白羊，就连黑孩子的父亲也是白羊，只有黑孩子一只是黑羊，羊们看见黑孩子与众不同，能不欺负它吗？小白羊们看见小黑羊，能不攻击它吗？

谁知姥姥的担心完全多余。小黑羊成长的速度远远超过其它小羊，很快成为小羊中的羊王。

几只小白羊在圈外吃草，远远看见小黑羊过来，心里畏惧，便纷纷钻回羊圈去了。小黑羊独自一人在圈外享受美食，优哉游哉，好不逍遥。

姥姥捉住已经长高长壮的小黑羊，把它抱在怀里，轻轻抚摸它。小黑羊伸出舌头舔姥姥的手，舔姥姥的脸。

姥姥把小黑羊放回地面，它跟在姥姥身后，慢慢陪着姥姥走。都说陪伴是最长情的告白，小黑羊是以这样的方式，感谢姥姥让它博得白山羊母亲的相认呢。

夜晚，小黑羊回到羊圈，卧在白山羊母亲的身旁。如果有来客在月夜看向羊圈，会看到一只白山羊独自卧在羊圈一角。来客并不知道，其实白山羊旁边还卧着一只小黑羊，它黑得与夜晚融为一体，黑得无人能看见，黑得近乎虚无。

但，白山羊能看见小黑羊。白山羊静静地卧着，心里温暖平和。它知道，黑孩子正陪伴在它身旁，月光正照在它们身上。

小羊羔和它的猫伙伴

羊与猫在一起，和谐吗？不和谐，也许都不如老鼠与猫在一起和谐。

但是在姥姥的院落里，在阳台下，姥姥的小羊与黑猫在一起安安静静卧了一个下午。

那不算约会，因为不是约好了的。

那时候整个院子都亮晃晃的，只有阳台下有一块荫凉之地，黑猫便在那里卧下乘凉，像它平日所做的那样。

黑猫歪着脑袋，枕着自己的胳膊休憩。院落的柴门敞开着，刚刚学会吃草的小羊羔咩咩叫着走进院子，走到阳台下，在黑猫身边卧了下来。

黑猫半睁着眼睛看了一眼羊羔，没有惊奇，没有不适，闭上眼睛接着睡觉去了。

羊羔安静地卧在黑猫身边，慢吞吞嚼着嘴里的食物，不打扰黑猫的好梦。它只是默默陪伴着黑猫，或者，让黑猫陪着它。

我抚摸黑猫的脑袋，黑猫很享受，很快发出均匀的呼呼声。我伸出另一只手去抚摸羊羔，它心平气和地接受了。

这只羊羔是失去了母亲的小羊，无羊保护，所以没法安全地待在羊圈里，日日靠姥姥喂养长大，这是它的不幸，但也是它的幸运。

姥姥提回一筐新鲜的野菜，搬了凳子，坐在屋檐下择菜。羊羔咩咩叫着讨要野菜，姥姥便捡嫩绿的喂它，看它吃得津津有味，摸摸它的脑袋，欣慰道："会吃草了，就不会挨饿了！"

羊羔可以在羊圈外自由生活，还可以进入院落。倒春寒的天气，夜晚姥姥会给羊羔裹上毯子，把它抱回老屋过夜。

那些夜晚，我睡在姥姥身旁，黑猫睡在姥姥的被窝里，羊羔睡在炕下的草垫子上。一家四口，枕着同一个月亮入眠，迎着同一轮朝阳醒来。

小羊羔是个孤儿，但在姥姥的家里，它并不孤独无助。

天地之间，万物相互拥有，亦相互陪伴。

丑丑的刘海儿

我提着篮子从谷顶下坡回家，远远便听见姥爷在哈哈大笑。

我回到家时，姥爷仍乐不可支。

他忍住笑，喊我到羊圈门口，指着小羊们的脸给我看：“丫丫，你看那只小黑羊，丑不丑？”

“再看那只小白羊，丑不丑？”

我透过羊圈的栅栏一看，只见两只小羊额前都光秃秃的，乍一看，不仅挺丑，还很滑稽。

“哈哈，太丑了！”我笑着附和姥爷。

原来是姥姥给羊们剪了刘海儿！

天一天天热起来，姥姥给姥爷剪了头发，又让姥爷帮她剪了头发，两个人顿时都清爽、精神了许多。

不早不迟，偏是那时，小黑羊跑到姥姥跟前撒娇。姥姥一看小黑羊长长的刘海儿遮住了眼睛，再一摸小黑羊的脸，汗津津的，便觉得都是那刘海儿惹的祸。

“乖，站着别动，姥姥给你剪刘海儿，凉快！”

姥姥摸摸小黑羊的头，小黑羊便静静站着不动了。姥姥拿起剪刀，手起刀落，可怜小黑羊长而卷曲的漂亮刘海转瞬便不见了。一张黑脸整个儿暴露在外面，含蓄的美女一下子变成裸露的丑女。

“凉快不？凉快！”姥姥自问自答，十分自信。

小黑羊向来信任姥姥，完全不知道姥姥把它打扮丑了。

不过，凉快倒是真凉快！有风吹来，直扑脸颊。小黑羊沐浴着风，欢快地跳了几跳，撒着欢儿跑去吃喝玩乐了。

姥姥一看小黑羊喜欢剪刘海儿，便觉得其它小羊（大羊们已经剪了毛发）也一定喜欢剪刘海，瞬间动了给每只小羊剪刘海的“邪念”。

“丫丫，再抱几只小羊来！”姥姥在院落里冲我喊。

“别再剪了，全剪丑了！”姥爷劝说姥姥。

可是他一张嘴劝阻着，一双手却开始帮忙捉小羊了。有的小羊异常顽皮，我捉不到，抱不动，姥爷便亲自捉了小羊抱给姥姥。

“下手轻些，剪好看些。”姥爷替小羊向姥姥求情。

“噢。”姥姥嘴里答应着，手下动作着，只听“咔吱”一声，又一只小美羊变成了小丑羊。

“哎哟……你个坏老婆子……”姥爷嘴里埋怨着姥姥，眉梢眼角却全是笑。

他放走手里的小羊，又帮姥姥捉下一只小羊去了。

不一会儿，所有的小美羊全部变成了小丑羊。

姥姥放下剪刀，走到羊圈欣赏小羊们光秃秃的脸，一身的成就感，一脸的满足状。

小羊们没有刘海儿遮脸、遮眼，显然无绒一身轻，无毛一脸凉。它们一会儿蹦蹦跳跳，一会儿安静吃草，很是自在逍遥。

一只小羊从圈里钻出，另一只也跟着钻了出来。

姥姥抱了一只，姥爷抱了另一只。

“真是丑!”姥爷说。

“真是亲!”姥姥说。

跳墙的羊

在姥姥家喂养的所有动物中，羊堪称安静温顺的代表。但羊也有羊的思想，羊的个性。

整个羊圈里，长角羊便是那只最叛逆、最有个性的羊。

中午时分，众羊都静静卧在洒满阳光的羊圈里，懒洋洋地晒着太阳，慢悠悠咀嚼着草料，享受一段静好的时光。可是长角羊嫌这样的光阴太安静，太枯燥了。

它焦躁地在羊圈走来走去，又抬头张望一番，发现羊圈外暂时没有大人（它从不把小孩放在眼里），便贼心顿起，两眼放光，决定跳墙。它退后几步，后腿略略弯曲，身体稍稍下蹲，前蹄抓地，蓄积了足够的力量，猛然向高高的围墙冲过去，脚下生风，四蹄离地，腾空一跃，已稳稳当当站在墙头。

通常情况，它会立即从墙的另一边跳下，随即冲下山坡，隐没在田野高大茂盛的庄稼里，在被人发现之前，大快朵颐、一饱口福。偷吃时，它安安静静，一句话不说，深谙“低调”的妙处。

“让我一次吃个够吧!”它大吃特吃时，应该是这样想的吧。但它通常被人发现时，其实还远远没到“吃个够”的时候。每次被发现，被赶回去的时候，它总是意犹未尽心有不甘，身体虽然回到羊圈，心却留在庄稼地里，典型的“身在曹营心在汉”。

“身在曹营心在汉”，便会一心想着逃离“曹营”，回归到“汉”的迷人天地。这不，才被赶回羊圈一会儿的工夫，它便再次越墙而出，偷偷摸摸“归汉”去了。

不过这一次，它才扑进田野，立即感觉不妙，回头一看……主人远远追了过来！情急之下，它胡乱咬了一口高粱叶子，嚼着叶子边吃边逃了！

话说主人是怎么发现长角羊逃出去的呢？是其它羊告状了！长角羊第一次跳墙逃出去，其它羊都惊呆了：

“咩——”一只目击羊惊叫道。

“咩——”更多目击羊惊叫道。

胆子小的羊惊恐不安，在羊圈走来走去；胆子大的羊双蹄扒在墙上，准备效仿长角羊跳墙……主人听到动静，赶来一看，便知道是怎么回事了。

长角羊后来再跳墙，按说，羊们应该已经习惯，不会再大惊小怪了，实则不然。长角羊只要跳墙出去，羊们便会打破平静，大呼小叫，直到长角羊被赶回羊圈为止。

长角羊被赶回几次，死性不改，倒是渐渐学会了逃避被赶回羊圈的本领。

什么本领呢？跟主人捉迷藏！

“好汉不吃眼前亏”，如果跳墙被主人发现，它便暂时委曲求全回到羊圈，等主人一走开，它便立即又转身跳墙而去。直到主人怒气冲冲举着棍子追过去，才恋恋不舍跳回羊圈。

虽然长角羊进出羊圈，跳来跳去，如履平地，但跳来跳去，毕竟消耗体力——好不容易偷偷吃胖了，又跳瘦了，如何是好呢？

机缘巧合，它发现一个更好的逃避进圈的办法，那就是跟主人赛跑。主人是谁呢？——姥爷、姥姥和我。谁会是它的对手？谁也不是。

姥姥姥爷老去了，懒得疯狂奔跑（就算愿意疯狂奔跑，也跑不动），通常都是由我身负使命追它回去。它一看追来的是个小毛丫头，根本不放在心上。

“咩咩！——”它欢快地叫一声，我真怀疑那是它的笑声。

果然，它是在嘲笑我。我憋足劲在后面猛追，它蹦蹦跳跳在前面慢跑，跑几步停一停，抽空吃几口草，才懒洋洋再向前跑几步。

我追着它一连跑了好多圈，早已双腿沉重、气喘吁吁，它却脸不红，心不跳，气定神闲，吊儿郎当，优哉游哉……

结果呢？结果是姥爷实在看不下去，拿起大棒追了过去。它一看大势不妙，这才轻轻一跳，自己回到羊圈去了。

那年夏天，我消瘦了。同时瘦了的，还有姥姥和姥爷。

只有长角羊，前所未有地胖了。

白发奶奶和她的白羊

在姥姥山谷的谷顶，住着一个白发奶奶。白发奶奶养着一只雪白色的奶羊。白羊吃的是绿油油的草，挤出的是白花花的奶。白发奶奶靠白羊的奶活着，白羊靠白发奶奶放牧活着，一人一羊，相伴相生，相依为命。

在草木繁盛的季节，远眺山谷谷顶，总能看见白发奶奶牵着她的白羊去放牧。一人一羊，悠然沐浴着暖季的阳光，吹着暖季的微风，穿过山谷谷顶，前往远方寻找青青草地。

其实，放牧一只羊，哪里用得着去远方寻找青草呢，屋前屋后的青草已经足够。但她和它还是更愿意去远方寻找青草，仿佛她们要去寻找的不只是草，还有别的什么。别的什么呢？也许是一片不同味道的草地，也许是一面野花盛开的山坡，也许是一个可以做梦的角落吧。

谷里人不知道白发奶奶去了什么样的远方去放牧，只远远望见她牵着奶羊从晨光里出发，在夕阳下归来。她们归来后，谷顶土屋上会摇曳起淡蓝色的炊烟。炊烟袅袅，飘着飘着消散了，只剩黑洞洞的烟囱孤立在屋顶，就像人活着活着就老了，只剩无尽的孤独相伴左右。所幸还有炊烟陪伴了烟囱，还有白羊陪伴了老人。

偶尔，白发奶奶也会牵着白羊来到谷里，用羊奶换取一些粮食。谷里人生活质朴，平时不舍得用粮食换取羊奶。愿意拿粮食换取羊奶的，一般只有得了新生儿的人家。在山谷人的眼里，新生儿是天赐的礼物，只有那天赐的新生命才值得去喝白花花的羊奶。

白发奶奶有时也会牵着白羊到姥姥家来。姥姥用半升黄米换取一壶羊奶，留一小碗给我喝，剩余多半壶留给失去了母亲的小羊羔喝。白花花的羊奶救活了饥饿的小羊羔，也滋润了瘦小的我。喝羊奶的日子极其稀少，羊奶又极美味，喝几次，那新鲜甘甜的味道便永远留在记忆里。

留在记忆深处的还有挤羊奶的情形。白羊胸前长着巨大的乳房，那乳房无遮无拦，赤裸裸垂吊在身体之下，鼓鼓囊囊，肿肿胀胀，晃晃荡荡，眼看要垂到地面。原来白羊每天吃啊吃啊，却并不长胖，是因为全身的营养都长到了乳房上。

白发奶奶跪在白羊身旁，一手拿壶，一手挤羊奶。她轻轻握住巨大乳房中的一只，略微一挤，羊奶便“嗤嗤”流进接奶的壶里。挤完了一只奶，如果奶量还不够，便到另一只上略略挤一些。但她从不用力去挤，不舍得挤疼了白羊，或者挤干了白羊。如此，白羊永远都是拥有乳汁的白羊，而白发奶奶永远都是拥有白羊的奶奶，生活便有了日日过下去的底气。

挤完了羊奶，白发奶奶一手拿着换取的粮食，一手牵着白羊，慢悠悠沿着山路返回谷顶的家。

那日天气晴朗，太阳照在整个山谷。白发奶奶和白羊，也笼罩在阳光里。

羊奶谁吃了

一只胖乎乎的母羊，生了一只胖乎乎的小羊。

正常情况下，随着时间的推移，原本胖乎乎的小羊应该比别的小羊更胖。奇怪的是，时间一天天过去，胖乎乎的小羊却越来越瘦了。不但瘦了，简直是面黄肌瘦。

是母羊抛弃小羊，拒绝哺乳了吗？

不是。每次小羊跪乳，胖母羊都静静立在原地，像多数母羊一样，耐心哺育孩子。

可是刚刚吃完奶的小羊肚子仍然瘪瘪的，仍然饿得咩咩叫，追着母羊满圈里跑。

胖母羊看孩子真的饿，便停下来再一次喂乳。

小羊再次吃完奶，肚子仍然瘪瘪的。

显然，胖母羊乳汁不足，小羊一连吮吸多次，却吃不到多少。

再看胖母羊，身体珠圆玉润，乳房丰满低垂，实在不像乳汁不足的样子。

如果羊奶充足，小羊为什么吃不到羊奶呢？

姥姥困惑，我更困惑。

无奈，姥姥只好带了谷物，去山谷谷顶白发奶奶家换羊奶。白发奶奶听说了胖母羊没有乳汁喂养小羊的情况，会意地笑了。

她说，胖母羊哪能没有乳汁呢？胖母羊的乳汁像雨季的雨水一样，不停地分泌；像泉眼一样，汩汩流淌；像沙漏一样，漏了还有……

那么，源源不断的羊奶去哪儿了？母羊自己吃了！

原来胖母羊产奶量丰富，旧的乳汁小羊来不及吃完，新的乳汁又分泌出来。母羊整天拖着沉甸甸的乳房，撑得慌，又找不到释放的办法，便尝试着自己吃了。

母羊试着吃了一次自己的奶，意外发现乳汁甜美可口，实乃人间美味。从此吃上了瘾，一发而不可收。后来一旦感觉乳房发胀，便立即低头吮吸干净。如此，等可怜的小羊跑去吃奶时，已经没有多少乳汁可吃了。

我和姥姥慢慢听白发奶奶讲述，听得入迷。知晓谜底后，祖孙俩站在羊圈外仔细观察，才发现真如白发奶奶所言——胖母羊吃了自己的奶！

何止是胖母羊呢？还有几只母羊，也开始吃自己的奶了！

羊们若有羊德，若有羊规羊矩，母羊的这种行为应该会大受批判吧？但羊不是人，所有的道德规矩在羊的眼里，都是浮云。

母羊们一旦开启自我吮吸的模式，就像刘姥姥忽然进了大观园，猴王碰巧在天宫发现王母娘娘的蟠桃园，哥伦布意外发现新大陆，兴奋激动之情无以言表。怎么办？唯有暗暗欢喜，偷偷自我吮吸下去。

母羊们原本只知道自己的乳房为孩子而生，乳汁为小羊而流，做梦都没想到自己的奶居然还可以自己吃！

自从胖母羊打破母羊们智力的天花板、打破羊的思维定式，第一个开始吃自己的乳汁之后，其它母羊大开眼界，纷纷效仿。它们低头找到自己的乳房，一口叼住，滋滋吮吸，个个吃了个痛快过瘾。

小羊们呢？单纯天真的小羊们做梦也没想到母亲会跟自己抢奶吃。小羊们眼睁睁看见母亲低头吃奶，又有什么办法呢？母亲毕竟是在吃它自己的奶。谁的乳房谁做主，旁人又有什么办法呢！

一只聪明的小羊看见母亲吃奶，立即跑过去叼着另一个乳头吮吸起来。母子二人，各叼一个乳头，各吃各的奶，看似各得其乐，其实乳汁有限，母羊大过其瘾，小羊便要忍饥挨饿了。

小羊没奶吃，母羊不急姥姥急。

怎样才能阻止母羊吃自己的奶呢？

给母羊缝制口罩吗？不行，戴个口罩，母羊无法进食，不但不会分泌出乳汁，连身体健康都会受到影响。

想来想去，只好给每只母羊缝了一个胸罩。这个方法好吗？也好也不好。好处是戴了胸罩的母羊再也无法吃自己的奶了，坏处是小羊也没法吃母亲的奶了。

姥姥只好带着我，每天按时捉住母羊，取下胸罩，喂养小羊。等小羊吃饱了，立即再为母羊戴上胸罩，以防它偷吃自己的奶。

这个办法治了多数母羊的毛病，除了胖母羊。

那日姥姥站在羊圈外，只见胖母羊的巨大乳房赫然裸露在外面（胸罩早已不见踪影），随着胖母羊的走动，三步一晃，两步一荡。胖母羊泰然自若，招摇走过羊圈。一会儿想吃奶了，便低下头，轻车熟路找到乳房，目中无羊、若无其事吃起奶来。

胖母羊丝毫不认为自己是在偷吃——吃自己的奶，怎么能叫偷吃呢？

但主人不能苟同它的行为。

姥姥在羊圈的角落找到胖母羊的胸罩，重新给它戴上去。被戴上胸罩的胖母羊拼力反抗，暴跳如雷，低头对着胸罩又撕又咬。

为什么别的母羊没有太大意见，只胖母羊激烈反抗呢？

原来，胸罩是统一缝制的，其它母羊戴着刚刚好，胖母羊戴着却嫌小，巨大而鼓胀的乳房被委曲求全塞进一个小布袋，能不憋得慌吗？

姥姥只好量身定制了一个大罩杯的胸罩给它。那个胸罩只做了一个，名副其实的限量版。胖母羊戴着限量版的胸罩在羊圈慢慢走，显得极其高端大气上档次，可惜无羊欣赏。

羊们祖祖辈辈不穿内衣，不戴胸罩，在天地间自由行走，彼此看见对方的隐私部位见惯不怪。倒是母羊们忽然戴了胸罩，显得荒诞怪异极了。

好在公羊们不爱说闲话弄是非，它们对着母羊们垂在身底的胸罩，看几眼惊叫几声，也便过去了，该吃草吃草，该喝水喝水。

随着天气渐渐炎热，小羊们渐渐长大，不再吃奶。

姥姥为母羊们脱去胸罩，还它们的乳房以自由。

脱离闷热的胸罩，母羊们的乳房重见天日。母羊们又有了重新吃自己奶的机会，但没再发现哪只母羊吃自己的奶了。

小羊们日渐长大，也不再吃奶了。

母羊们的乳房一天天缩小，它们好像已经忘记了吃自己奶的事，甚至忘记了自己还长着乳房。

姥姥割了青草喂羊，母羊们冲过去大快朵颐，满嘴碧绿。

问世间草为何物？直教羊日夜相思。

问母羊奶为何物？早已是前尘往事，不知是何滋味了。

巨乳羊

巨乳羊原本没有巨乳，生了一只小羊，赫然出现了巨乳。

巨乳长得鼓鼓囊囊、肿肿涨涨，沉甸甸垂在身下，几乎从胸部一直垂到了地面。

如同所有羊一样，巨乳羊喜欢奔跑。但冷不防长出巨乳，奔跑忽然变成尴尬艰难之事。

只要巨乳羊跑动，巨乳便在四蹄间激烈晃荡摇摆，从左甩到右，从右甩到左，从前甩到后，从后甩到前。巨乳晃荡了个尽兴过瘾，巨乳羊瘦弱的身体却不堪重负，它渐渐放弃了奔跑。

拖着巨乳生活，毕竟比寻常的羊更辛苦。因此巨乳羊一有机会就卧下休息。可一旦卧下，巨乳整个儿窝在胸口，它被自己的乳房挤得胸口憋闷，呼吸困难。

巨乳还常有被踩踏的风险。一不留神，那些不谙世事、蹦蹦跳跳的小羊一脚踩在巨乳上，巨乳羊瞬间痛苦得咩咩大哭，着实令人同情。

姥姥请兽医来家医治巨乳羊。

巨乳羊正拖着低垂到地面的巨乳，在圈里缓慢行走。

走着走着，踩到一根弯曲的树枝。羊腿迈过去了，巨乳却迈不过去。巨乳羊急得乱跳，慌乱中前蹄踩住了棍子的一端，另一端翘起来，硬生生戳在了巨乳上。

巨乳羊被扎痛了，惊慌失措，横冲直撞，好不容易摆脱了棍子，但在混乱之中，巨乳又被棍子划出几道长长的红色血痕，看着触目惊心。

兽医同情巨乳羊，但也对巨乳无奈，说："羊可怜，卖了吧！"

姥姥看着巨乳羊，温和而坚定地回答："羊可怜，得养着啊！"

姥姥知道，一只健康的羊卖掉了，还能被别人买去养着。一只得了巨乳症的羊卖掉了，不会有人愿意去养，唯一的结局就是走向死亡。

因为一只巨乳，就让一只羊失去生命吗？自然不可以。

姥姥一如既往地养着巨乳羊。她捡走了羊圈里残留的树枝，让巨乳羊能畅通无阻地行走，吃草，喝水。

姥姥不歧视巨乳羊，其它羊也不歧视它。

羊们吃青草，喝清水，晒太阳，眼神温和，心底纯净，从不窃窃私语，也很少议论别人的是是非非。它们看见巨乳羊的巨乳，总能以平常心对待，并不大惊小怪。一只巨大的乳房，不还是乳房吗，有什么奇怪？

羊们虽然没有受过教育，也没有刻意修炼，然而它们天生具有淡泊宁静的大境界，令人类自叹不如。

羊们不歧视巨乳羊，令人欣慰。但它们也不懂得照顾弱者。巨乳羊生活在羊群中，还是有诸多不便。

每天喂羊食时，羊槽里倒了玉米，或放入青草，其它羊一拥而上去抢食，等巨乳羊拖着巨乳吃力地赶来，草料已经被吃得所剩无几了。

每天饮羊时，羊槽里倒满了水，羊群把水桶包围得水泄不通。它们尽兴地滋滋啜饮清水或菜汤，等巨乳羊拖着巨乳姗姗来迟，桶里只剩残羹冷炙，或滴水不剩了。

姥姥看在眼里，疼在心里。她把巨乳羊和它的孩子放出圈外，给它们母子单独开了小灶，日日精心喂养。

巨乳羊因祸得福，心里感激姥姥，无奈不会说人话，只是常常跟在姥姥身后，一遍遍用羊语表达感激之情：“咩咩，咩咩！”

姥姥摸着它的头安慰它，不要紧，你跟任何羊一样健康，乳房巨大不是事儿，等小羊不吃奶了，巨乳就会缩小的。

巨乳会缩小吗？不知道。

但我知道，不管结果如何，巨乳羊都会在姥姥不变的关怀中，像正常羊一样活下去。

两个孙女

在遥远而美丽的山谷，我是姥姥身边唯一的孩童，但我不是孤独的孩子。我拥有姥姥、猫咪，每年春夏季节，还拥有小羊羔。

那年整个暖季，我和一只被母羊抛弃的小羊羔一起长大。羊羔在春天出生，我也是在春天出生（我比羊羔早生了好几个春天）。

我们在同一个姥姥的呵护下，喝着同一只奶羊的奶（羊奶是姥姥用粮食从山谷谷顶白发奶奶那里换来的），吃着同一口铁锅里蒸熟的羊料。

姥姥从对面山谷换回羊奶，一半分给羊羔，一半留给我。如果哪天羊奶少，便将多一半分给羊羔，少一半留给我（羊羔吃奶是要活命，我吃奶只是解馋）。

羊羔不会自己动手喝奶，需要姥姥喂着喝。

每天早晨，姥姥一手抱着小羊羔，一手拿着奶瓶，将奶嘴塞入羊羔嘴巴。

奶嘴不如羊妈妈的乳房温暖柔软，羊羔不喜欢，拼命歪着脑袋躲避奶嘴。

姥姥便用热水浸泡奶嘴，等到奶嘴变暖变软，再去喂养羊羔。羊羔试探性地轻轻咬住温软的奶嘴，小心翼翼吮吸了几口，很快尝到了羊奶的美味，立即主动咕咕吮吸起来。

从此羊羔便像婴儿一样喜欢通过奶嘴吃奶，姥姥便日日像抱着婴儿一样抱着它给它喂奶。

过了一些日子，羊羔有能力吃食物，姥姥便不再去白发奶奶家换取羊奶（羊奶太珍贵了），每天蒸了黑豆喂养羊羔。

最初那几天，羊羔不会咀嚼，姥姥便将黑豆放在自己嘴里，嚼碎了再喂给羊羔，羊羔吃得津津有味。

吃完后，白色的嘴巴被黑豆染成黑色，看起来丑丑的，很是影响羊的美丽形象，却它还是要吃，要吃。

等羊羔自己会咀嚼的时候，它一次将一碗黑豆全部吃掉，还是咩咩叫着，嚷着要吃。

蒸黑豆是专门喂养不会吃草的小羊羔的，不是喂养小孩的。可是每次看见羊羔吃黑豆吃得那么香，那么沉迷，那么享受，我都会心生羡慕。

等姥姥再蒸熟了黑豆，要我帮忙将黑豆喂给小羊，我便在途中偷偷抓一小把吃掉。那蒸黑豆水嫩嫩，甜丝丝，泛着豆香，果然美味。

我偷食几次，上了瘾，欲罢不能。但每次偷食后，嘴里是甜的，心里却是愧疚的，深感对不起小羊。

小羊倒是不计较，看见黑豆，也不仔细观察是否被人动过，便迫不及待低头享用去了。

吃完了，嚷嚷几声，眼看没有了，便欢叫一声，沐浴着阳光，学着大羊的样子吃草去了。

过几天，当我又为是否要偷食蒸黑豆而纠结时，发现姥姥蒸黑豆的碗比平时大了整整一圈。

那天，姥姥从热气腾腾的大铁锅中取出黑豆，拨了一小份给我，原来姥姥已经知道我也喜欢吃蒸黑豆了。

姥姥是怎么知道的呢？哦，应该一望便知吧——吃完黑豆，嘴巴会被黑豆汁染黑呢！

姥姥没有责怪我，倒是摸摸我的头，眯缝着眼睛说："姥姥以为家里只有一只小羊羔，原来还有一只呢！"

从那以后，姥姥每天都蒸够两只小羊羔吃的黑豆，给真羊羔吃一半，给假羊羔吃另一半。

到了夏天，真羊羔已经长大，喜欢去阳光下吃草，再也不吃黑豆了。假羊羔却不然，又吃了好久的蒸黑豆，直到吃腻了才不再吃。

真羊羔长大之后渐渐回归了羊群，它似乎已经忘记了美味的羊奶和蒸黑豆，却始终记得我和姥姥。每次我和姥姥进羊圈，它总会惊喜地跑过来，像我一样，满怀依恋，寸步不离跟在姥姥身后。

姥姥一回头，看见长大了的羊羔和孙女一起跟在她身后，皱巴巴的脸上立即盛满了阳光。

她眯缝着眼睛说，姥姥以为家里只有一个孙女，谁知道还有一个呢！

第三章

爬行的家人

PAXINGDEJIAREN

误入蛇旮旯

蛇旮旯本是蛇的天地，不知从什么时候开始被人占据。

人占据一段时间之后，可能是因为崖畔陡峭，土地贫瘠，或是问心有愧，终于又还给了蛇。

听说人离开蛇旮旯后，蛇很快住进了人住过的窑洞，住宿条件改善了许多。

如今的蛇旮旯，已不为山谷人所知，只有姥姥知道。七十年前的蛇旮旯，一直活在姥姥的记忆里。

七十年前，小姑娘姥姥与小姑娘姨姥姥跟着太姥姥一起居住在名为野鸡岭的山谷。

野鸡岭与蛇旮旯相距四五里，太姥姥不许姑娘们去蛇旮旯，所以姥姥与姨姥姥也不曾去过。

但是有一年夏天，岭上的大孩子们说，蛇旮旯其实没有蛇，倒是长了许多野杏树。

旮旯上，旮旯下，旮旯里，旮旯外，到处都有野杏树。其中一个山坡密密麻麻长满了野杏树。杏子成熟的季节，风一吹，金黄的杏子扑簌簌掉下来，落满了一整座山坡。

缓坡处的杏子一层层堆叠，陡坡处的杏子顺着山势骨碌碌滚到山坡下面的深沟里去了。

可是这些杏子没人知道，没人去摘，也没人去捡。

有关蛇旮旯的传说很诱人，姥姥跟姨姥姥还是不敢去。

后来她们终于去了蛇旮旯，却是因为迷了路。脚踏实地站在蛇旮旯，却并不知道那就是传说中的蛇旮旯。

山坡上真的长满了杏树。不过那时杏子已经落了，杏树长出了浓密的树叶。风一吹，树叶沙沙作响，蛇旮旯显得更加寂静了。

姥姥与姨姥姥站在坡上张望一番，发现一处被遗弃的院落草木最茂盛。

两个小姑娘便下到沟里，越过底沟，爬上对面山坡，终于抵达草木繁盛处。

太阳当空照着，天蓝着，云飘着。没有一丝儿征兆，天上忽然下起了太阳雨。雨滴亮晶晶的，像一条条细线，凉丝丝的，落在头上、脸上、手上，梦幻般朦胧而迷人，两人一时间忘记打草。

姥姥发现不远处长着许多桑树，忙跑过去探看有无桑葚，忽听姨姥姥惊呼："快过来，这里有条蛇……还有一条……"

姥姥听到喊声，心里一紧，正要去找姨姥姥，忽然间，她停下脚步，惊呆了：哪里用得着到姨姥姥那里去看蛇呢，脚下几尺远的地方，乱糟糟爬满银灰色的蛇，有的盘成一团儿，有的像草绳般一动不动，有的正在扭着身体爬动——要爬向哪里呢？

"姐姐快来！"这次，是姥姥喊姨姥姥过来看蛇。

姨姥姥拔腿跑过来，一看，也惊呆了。

如果这样的情景不是在现实中，而是在电影里，那一定是一场恐怖电影。人蛇不共戴天，人误入蛇的地盘，就算是强大的男人，也一定是"强人斗不过地头蛇"，何况是两个小姑娘呢！

庆幸的是，生活不是电影。人与动物之间，人与蛇之间，没有那么多的势不两立、水火不容、你死我活。

几条蛇在不远处慢悠悠爬着，更多蛇懒洋洋地睡着晒太阳，享受着疏疏落落降下来的太阳雨，完全陶醉在大自然的美景中。

蛇们看见两个小姑娘了吗？应该看见了，或者感知到了。只是在它们眼里，那两个小姑娘不是敌人，而是寂静的蛇旮旯里的稀客。

有客自远方来，不亦乐乎！

或许蛇们还有亲近客人的念头，但它们转念一想，自己不够高大帅气，爬过去或许会吓着客人，便有意与客人保持了一小段距离。

年少的姥姥与姨姥姥原本有些慌张，但是她们发现蛇们毫无攻击之意，才渐渐放下心来。

出于尊重，她们没有在蛇的地盘上打草，各自背起背篓，寻找回家的路去了。

多年后姥姥回忆起当年跟着姨姥姥一起看蛇的情形，心里更多的是温情：人蛇之间，和谐相处，真好！

七寸子蛇的突袭

传说中，被毒蛇咬了的人一般很难活下去，因为蛇毒远远毒于蜂毒，毒于蜘蛛毒等。

山谷多蛇，蛇一般待在大树树洞、崖畔山洞、犄角旮旯或者废弃的土屋等远离人类的地方。

但有些时候，它们会出现在草丛里、田野间、椽垛下，出现在人们生活劳作的地方。

夏天的田野充满诱惑，那里生活着田鼠、青蛙、鸟，怎能不令蛇怦然心动呢？

于是蛇便趁人不注意，偷偷溜到田野间去了。

人们通过田间小路上的蜿蜒踪迹知道蛇已经爬过，不过田野里很少看见蛇的身影。

为什么人很少看见蛇呢？

蛇虽然不能直立身子，也不能举着望远镜向远处眺望，但匍匐在大地上的它们，似乎天生拥有一种神秘的能力，能够预知危险，并提前离开。

但蛇与人生在同一片蓝天下，活在同一片大地上，又哪能不狭路相逢呢？狭路相逢之时，又哪能不发生一点儿矛盾冲突呢？

姥姥幼时生活在野鸡岭，那里也是一个山谷。当她还是那个山谷里一枚小小姑娘的时候，曾常常看见蛇生在野苜蓿地里的蛋。趁大蛇不在，她把蛇蛋一颗颗数过去，再一颗颗数过来，一般是九颗蛋。

“蛇盘九颗蛋！”这是姥姥还是小姑娘的时候发现的新大陆。

第一次见到蛇蛋，她曾怀着好奇心将蛇蛋抠烂，发现蛋里栖居着几条水淋淋的小蛇。小蛇们趁机从蛋壳里爬出，降生在这个崭新的世界上。

姥姥自以为帮助小蛇实施了“剖蛋产”，不料太姥姥却说，早产的小蛇很难存活，抠烂蛇蛋等于杀死了小蛇。

姥姥听后暗暗自责，从此再也没有抠烂过蛇蛋，只是偶尔捡起蛇蛋摸一摸，玩一玩，再放回原位。

姥姥曾经无意间伤害过蛇，蛇有没有伤害过姥姥呢？

还真有。

那时候，姥姥已经长成山谷少女。

一次经过山谷的一片苜蓿地，走得急了些，忽然感觉右脚的鞋子受到了攻击，攻击迅速而有力，一闪即逝，虽然鞋子厚实，没有强烈痛感，但还是受到惊扰，停下来察看究竟。

只见一条蛇正从脚下慌忙逃离，原来发起袭击的就是它！

蛇草绿色，大约七寸长，人们称之为“七寸子”，据说毒性较强。

姥姥心有余悸，庆幸鞋子厚实，毒液才没有侵袭到脚。

寻常情况，蛇很少伤人，七寸子为什么突然袭击姥姥呢？

姥姥仔细看了一眼七寸子，才发现它的尾巴翘了起来，抖抖索索的。看来它是被姥姥踩痛了尾巴，才以袭击的方式抗议，以求脱身呢！

原来七寸子蛇不是恶意的，它的袭击只是出于自我保护。

姥姥被惊吓，原本是生气的。但得知真相后，不但不生气，反倒心生愧疚，责怪自己走得太快了——太快了，蛇来不及躲开，尾巴就被一脚踩住了！

看着七寸子蛇“一瘸一拐”爬向远方，姥姥才放心离开。

此后她再走过苜蓿地或青草地的时候，总是特意放慢、放轻脚步。

这自然是为了自己的安全，但也不仅仅是为了自己的安全。

背蛇记

人与蛇虽然生活在同一个山谷，住在同一个白天，睡在同一个夜晚，但更多的时候，彼此之间仍是实实在在的陌生人。

偶尔人与蛇有了交集，这交集便成了彼此一生最特别的回忆。姥爷便有这样一段特别的回忆。

那年姥爷还远不是姥爷，还是一个青春少年。他到山野里打草，打到一大捆树枝、青草，用草绳捆紧了，背在背上背回了家。

这算不得故事，不过是寻常生活。但这次打草经历却成为一个故事，因为这次背回来的草捆子里，潜藏着一个神秘的客人——一条绿色的蛇。

这神秘来客自然不是特意请回的客人，而是误请的客人。

倘若年轻的姥爷知道蛇要他背它，就算蛇双膝跪地，一把鼻涕一把眼泪请求姥爷背它回去，姥爷也是断断不肯的。

问题的关键是，蛇没有求人——哪条蛇说过一句求人的话？求人不如求己，蛇显然深谙此理。它预先偷偷溜进姥爷打好的树枝、青草堆中，屏息凝神藏起来，等到姥爷捆草时，便让自己跟草一起捆进了草捆子。

可以猜想，当姥爷将草捆子背在宽阔坚实的背上时，蛇一定捂住嘴巴，没让自己笑出声来。它一动不动，静静享受被人背着走过高高低低曲曲折折的山路，其间或许还低声哼着“小背篓，晃悠悠……”的歌曲，毕竟，对于一条蛇来说，一生能有几次这样的机会呢！

快到家时，此蛇也许紧张了——一下子要见到许多素不相识之人，该怎么打招呼，怎么行礼……不会是要拥抱吧……人习惯了那些礼节，可蛇是冷血动物，逼蛇做出那么亲热的行为，岂不让蛇尴尬吗？

蛇也许想要立即逃跑，但挣扎一下才发现，绳子捆得太紧了……来不及了……草捆已经被放在了院子里。

年轻的姥爷像往日一样解开草绳，抱了一大抱青草去喂黄牛，又返回来，准备抱走剩下的……突然，看见一根粗长的“草”爬出草捆子几米远，像要逃避进入牛嘴的命运似的。

姥爷定睛一看，原来是一条绿色的大蛇……原来自己背回来一条蛇！……

原以为蛇们远在崖畔洞穴，谁知竟近在咫尺！蛇和人竟单独相处了一路！

姥爷背草捆子已经很累，还额外背蛇回来。

最要命的是……还得再受累把它送回去……

但，能有什么办法呢，有缘才会遇见，谁让彼此有这一段缘分呢！

其实，应该不是蛇想被姥爷背回来，而是姥爷误背了蛇回来。蛇没有怀恨在心，没有趁机偷咬姥爷，而是像个孩子似的乖乖蜷缩在姥爷的背上，任凭他跌来晃去，背到一个陌生的人类的院落。

如果非要分个谁对谁错，也许更多的错在姥爷呢！

姥爷匆匆喝了几口水，来不及休息，便找来长棍，挑了绿蛇，又沿着高高低低、曲曲折折的山路，把蛇送回到打草的地方了。

随便送到什么地方不可以吗？当然也可以。只是姥爷背蛇背出了感情，竟担心蛇找不到回家的路，才送了那么远。

送蛇

每每听到“蛇”字，人们总是不寒而栗、毛骨悚然。在姥姥的山谷，人们不仅会听到蛇的传说，偶尔还会碰到蛇。

夏天的午后，跟着姥姥走过植被浓密的山谷，走着走着，姥姥慢下脚步，瞅着田间一条横穿土路的蜿蜒踪迹说：“蚂蚁搬家蛇过道，蛇爬过去了，要下雨了！”

蚂蚁与蛇总是匍匐在大地上，或钻在漆黑的洞里，看似与世隔绝，不承想却总是先于人类得到关于天气、季节变化的消息，不得不令人称奇。

在山谷，蚂蚁随处可见，蛇却只偶尔现身。

午后独自在屋前山坡上打草，忽然，不远处草丛动了一下，又动了一下，仔细一看，原来是一条草绿色的大虫！那大虫正蠕动着长而柔软的身体爬过草丛，向着谷底的方向爬去。

心中恐惧，冲回家把发现大虫的消息告诉姥姥，姥姥闻讯赶到坡边，只来得及瞥见大虫的尾巴在草丛晃动了一下。

“是蛇！”姥姥说，“得把它送走，以防伤人。”

姥姥让我找了一根长棍，两人一起下了坡。

蛇还没有爬远，刚刚爬进高粱地。我跟姥姥钻进高粱地，保持两三米的距离尾随着蛇。

我们小心翼翼赶蛇走，并不曾动用棍子打蛇，但蛇的爬行速度显然加快了。

姥姥说蛇视力不好，近乎眼盲。但此时此刻，它是凭着什么，知道身后有人紧追不舍呢？

与人的行走速度相比，蛇的速度依旧不是很快，但它显然在拼尽全力爬行，蛇头、蛇身子、蛇尾巴全都鼓足劲奋力蠕动着。

经过一个土埂子时，它甚至摔了一跤——肚皮几乎朝天了，但它很快挣扎着翻正身体，来不及拍拍身上的土，便连滚带爬继续逃亡了。

我第一次见蛇，心里原本惴惴不安，担心蛇随时会回过头来咬人，或者“嗖”一下缠在人的身上，不缠死人不松开。

可眼下，它自顾不暇，又哪里有心情伤人呢？看它那么紧张，那么狼狈，我忽然有些不忍了。

我正要请求姥姥不要送它了，它害怕呢！

话还未出口，姥姥先停下脚步说："丫丫，咱不送它了，它害怕呢！"

于是我跟姥姥收起长棍，站在原地目送蛇蠕动着渐渐爬远。

但愿蛇安全爬回到属于它的世界，既不会伤到山谷里的人，也不会被山谷里的人所伤。

傻蛇的尴尬

夏日午后，我跟姥姥正在屋里歇晌，忽听“咚”的一声闷响，似乎有什么东西从屋顶掉到了院落里。

是家里的黑猫吗？不是，黑猫从屋顶跳下不会发出那种沉闷的声响！是谁家的动物吗？不是，动物摔下来总会号叫呀！……窗外静悄悄的，显得很是诡秘。

这诡秘很快将我勾到了院子。我跑到院落，四下张望，可院里空荡荡的，除了窗台下一根土黄色的旧草绳之外，别无他物。

我正困惑时，姥姥也出来了。

她四下张望一番，也深感困惑。

“谁把草绳扔到院子里来了？”

那根草绳转移了姥姥的注意力，她唠叨着走向草绳，准备捡起来扔掉。

但快到草绳跟前时，姥姥忽然停下脚步，俯身盯着草绳瞅了一眼，又瞅了一眼，转头低声招呼我："丫丫，找根长棍来！"

我一听"长棍"二字，立即便联想到上次送草蛇的事了。跑过去仔细一看，果不其然，地上的"旧草绳"原来是一条土黄色的大蛇！

原来，"咚"一声从屋顶掉下来的不是别人，而是它！

跟上次蠕蠕爬动的草蛇不同，这条蛇很胖，一动不动，就连我跟姥姥参观它时，它也不动一下。

此刻，它摔伤到什么程度？是脸青了，鼻肿了，还是摔晕了，摔疼了，摔傻了？我跟姥姥不得而知，只等它醒过来，听听它自己怎么说吧。

但它好一会儿也没有醒过来。也许是醒过来了，但不好意思面对别人——天底下只有长脚的动物摔跤，哪有爬行动物摔跤的呢！何况还是从那么高的地方摔下来，并被老太太与小女孩免费参观！

这不是丢爬行动物的脸吗？

这不是证明自己傻吗？

过了片刻，虽然蛇依然没动，但我和姥姥感觉它其实已经醒了。我们谁都没敢笑，以免伤到它的自尊。

为了帮助它摆脱尴尬窘迫的处境，姥姥决定送它离开令它颜面扫地的院落。

她拿了长棍，试探性地将棍子伸向蛇："上来吧，姥姥送你走！"

说时迟，那时快，那蛇"嗖"的一下，像拧麻花似的，缠上了棍子，蛇头与姥姥的手相距不过半米。

姥姥举起缠了蛇的长棍往院外走，我跑过去打开柴门，放姥姥与蛇出去。

挑蛇的棍子不算结实，胖蛇附着在上面，使棍子一上一下摇摇晃晃，蛇心里害怕再次摔到地面，更紧地缠住了棍子。

蛇缠在棍子上，闷声不语，在想什么呢？也许是想家了，也许是想着减肥的事情吧？（它真该想想这件事了）

缠蛇的棍子摇摇欲断，为了不使我受到惊吓，也不使蛇受到惊吓，姥姥决定独自送蛇离开。

姥姥走后，我想到姥姥的手与蛇头相距很近，不由得替姥姥担心起来。

过了好一会儿，姥姥才返回。我冲过去抓着姥姥的手，翻来覆去仔细察看一番，还是有些不放心："姥姥，蛇没有咬你吧？"

"傻丫头！"姥姥微笑着说，"人帮助它，它心里懂得呢，怎么会咬人？"

听姥姥这么一说，我也觉得那条傻蛇好像还真懂得些什么呢。

只是，它怎么不懂得摔屋顶会痛呢？

胖蛇会吸取摔屋顶的经验教训吗？不知道。

我真后悔那会儿没有戳着它傻乎乎的脑袋提醒它：“你呀，你就从此长个记性吧！”

人蛇同眠

在一般人眼里，蛇离我们很远。人怕蛇，总是对蛇敬而远之。

可是在姥姥的山谷，人蛇不但共戴一片天，偶尔还会"共枕眠"，尽管人们可能不是很情愿。

姥姥用长棍送走摔落在院子里的蛇，好一会儿才回来，回来后精神总是有些恍惚，不时还会叹息一声，咕哝一声"造孽啊！"

我担心姥姥是遭了蛇咬，中了蛇毒。姥姥看我困惑，便絮絮叨叨讲述了那个"造孽"的故事。

是山谷对面农人与蛇的故事。

新婚的农人在新挖不久的窑洞踏踏实实睡去，一觉醒来，感觉胸口沉甸甸、气闷闷的。以为是猫咪卧在胸口，便喊了几声，不料卧在胸口的东西静卧不动。

农人迷迷糊糊之际，伸手推了一把，谁知不推不知道，一推……立即吓醒了！……冰凉凉，软塌塌，滑腻腻，肉乎乎……盘成一团……

从触觉来判断，农人知道卧在胸口的是什么了！那时候，天已蒙蒙亮，他小心翼翼爬起来去看……不是蛇又是什么！

农人又怕又恨，他趁妻子还在熟睡，偷偷起来，将蛇倒拎到院子里，一斧头砍成两段，扔掉了……

几天后农人家门外又出现一条蛇……农人又把它砍成了两段……

故事讲完后，姥姥的眼睛红红的，她是在同情那两条蛇，虽然她与它们素不相识。

“蛇也有生命哩!”她絮絮叨叨说，“造孽哩!”

过了不到一个月，山谷里开始流传着一个关于农人遭厄运的消息——农人的妻子离开农人，一去不返了!

为什么呢?似乎说不出什么原因，那女子不说为什么要离开，农人自己更是莫名其妙。

但他确确实实失去了新婚的妻子，就像一条蛇失去了另一条蛇……

谷里年轻人都同情男子，很少有人同情蛇：蛇为什么要爬进人类的房间吓人呢?自寻死路不值得同情。

只有像姥姥一样的老人知道，农人的新窑洞曾经是蛇洞所在地……其实不是蛇爬进了人的家，而是人霸占了原本属于蛇的家。

那一夜，蛇爬进农人的窑洞，也许只是想家了，想趁着夜深人静之时，偷偷爬回去看一眼久违的故园吧！

蛇毒

在美丽幽静的姥姥山谷，人蛇共生，和谐相处，互不侵犯。但有一年，这种平衡意外地被打破了。

那一年，山谷里一个男子生了一种奇怪的病——便血。听说每次小解，尿液中总是掺杂着丝丝缕缕的血液，到后来，病情越来越重，尿液中的血液越来越浓，颜色越来越红。

一家人走出山谷，到遥远的城市寻医问药，效果并不明显，便转而到处寻求民间偏方。

不久后，一条消息渐渐在山谷流传开来：怪病还需怪招治，以毒攻毒方能见奇效——便血男子唯有日日喝蛇血，才能杀死体内病毒，不再便血。送蛇上门者，会得到酬谢……

消息传开之后，山谷的幽静一下子被打破了。

人们纷纷拿着瓶子、棍子等工具前往山谷深处，争前恐后去捉蛇。

不论是为了救人，还是为了得到酬谢，人蛇之间突然产生了激烈的矛盾冲突。

据说农夫们在山谷深处捉到蛇，将蛇活生生装进袋子或瓶子（蛇在危急时刻，见洞便钻），只在袋子上或瓶盖上扎出几个小孔，供蛇呼吸。

蛇原本在天地间逍遥自在，骤然被装进一个狭小的空间，长长的身体不得舒展爬行，拼命扭动挣扎，终究无可奈何。

捉蛇人将蛇送到病人家里。

有人送下蛇便离开。

有人还要看看病人喝蛇血的过程，然后把看到的恐怖情形到处讲述：

病人一手控制蛇头，一手握住蛇脖子，等到家人帮忙用刀子割掉蛇头，病人便立即将鲜血喷涌的蛇脖子塞进嘴里，一口接一口啜饮蛇血，直到蛇血流干了为止……

我听到这个杀蛇的故事，又惊又怕又伤心。我虽然同情生病的人，但更害怕那个杀蛇的场面，更可怜那些无辜被杀的蛇。

“姥姥，你救救蛇吧，救救蛇吧！”

我哭着，摇着姥姥的手，请求姥姥救救蛇。可姥姥有什么办法救蛇呢？她什么办法也没有！

她只是反复叹息："造孽啊，造孽啊！"

叹息着，叹息着，眼圈渐渐红了，浑浊的老眼渐渐湿润了，哽咽着说不出话来。

过了一两个月，捕蛇的疯狂举动忽然停止了，因为便血的男子突然死了。

按正规医院的诊断，便血男子如果休养得当，或许可以活一年左右。

可是他疯狂喝蛇血以自救，结果没几个月便猝然死去，令人唏嘘不已。

便血男子死去后，山谷又恢复了宁静，像从前一样。

可惜那些死了的蛇，再也无法复活，它们风干的蛇皮被悄悄埋掉，消失在大地之下。

那些还来不及杀死的蛇，被悄然放回山谷。

对于人类的野蛮行为，蛇有没有进行恶毒报复呢？没有。

它们像从前一样，静悄悄生活在山谷深处的某个角落。

蛇毒本是蛇自我保护的武器，可是在强大的人类面前，蛇毒不但没能保护自己，反倒成了被捕杀的理由！

蛇远不像传说中那样恶毒，也远不像传说中那样强大。

面对人类的残杀，它们深深地沉默着。

至于便血男子为何猝然死去，也许倒真的是中了蛇毒——不过，明知蛇有毒，偏要去喝蛇血，这能怪谁呢？

此情何时了

蛇向来被认为是冷血动物——的确是冷血，从来不哭，从来不笑，从来不说“亲爱的”，或者“我爱你”。

但并非所有的蛇都冷血，都无情。至少，因缘分使然来到姥姥家，又被姥姥怀着大爱与怜悯之心送走的蛇不冷血。

其中有一条蛇，它虽不曾开口对姥姥喊一声“姥姥”，但我觉得它在心里可能是喊过的。

那是一条白色的蛇，姥姥曾将它送走多次，结果每次送走后，它又回来了。

邻人听了此事，说这是要倒霉运的兆头，强烈建议姥姥把蛇杀死，以此破除霉运。

姥姥听了，并不以为然。她不相信蛇与霉运相关，就算蛇一次次回来，真的是送霉运来的，她也不忍心害了它。

“送走就好了。”姥姥说。

送来送去，竟送出了感情。

姥姥第一次发现这条白蛇时，它正在院外椽垛的缝隙里。白蛇像一股活泼的白水，在几根椽子之间灵动地穿梭着，偶尔还会把脑袋伸出来，打量打量姥姥的家园。

姥姥像她一贯对待蛇的做法一样，用长棍挑着蛇，穿过田野，把蛇送到山谷那一边的树林里。

一般的蛇，送走之后便不再回来了。可是这条蛇却又回来了。几天后，我独自在椽垛附近玩儿，发现一股白水从椽垛滑过，旋即不见了。

我大声呼唤姥姥，姥姥闻讯赶来，翻开几根椽子，发现那条白蛇又回来了！

姥姥没有打它，甚至也没有骂它，只是像前几天那样送走了它。这一送，送得比上次更远。

蛇也许是伤透了心，也许是迷了路，一连好几天我密切关注椽垛，没再看到它的身影。

许久之后的一天，姥姥的花母鸡正在院外优哉游哉地散步，忽然莫名其妙大惊小怪叫了起来。姥姥原本不准备理睬它，无奈它叫得惊天动地，一声紧似一声：“嘎！嘎!!嘎!!!”声音里充满惊奇与恐惧。

姥姥的目光顺着花母鸡的视线落在了椽垛上。姥姥虽然暂时没看见什么，但她猜测，应该是那条白蛇又回来了。

姥姥走过去，翻开椽子来看，果然又看见了那条白蛇。

白蛇自知有错，也没想着逃跑，该怎么做，它自己心里清楚——当姥姥把棍子伸给它的时候，它虽不怎么情愿，但还是乖乖缠在棍子上，又一次被姥姥举着送走了。

“不要再回来了，”姥姥把它举起来，举得靠近自己一些，说，“花母鸡胆子小，你会吓坏它的！”

白蛇默默缠在棍子上，一句话不说。我和姥姥以为它是在默默认错，默默反思，但其实它是在默默反抗，默默酝酿。

它的身体正在被送走，但它的心并不想离开。可能在那一刻，它已经决定要再次回来了。

白蛇是什么时候再次回来的呢？

还真不好说。它这一次回来，更加小心翼翼，更加神出鬼没，不但我和姥姥不曾发现，就连整天东瞅西看、疑神疑鬼的花母鸡也没有发现。

但我们终于还是发现它回来了，不是在椽垛，而是在……黑猫的嘴里！

白蛇将近一半的身体在黑猫的嘴里（想不到小小一张猫嘴，竟能吞进半条蛇），一半的身体长长地拖在外面，随着猫的奔跑走动，无力地摇来荡去。

姥姥一看到那熟悉的白蛇尾巴，不禁心下一惊——果然又是那条白蛇！

它会不会已被黑猫咬死了呢？怎么从猫嘴救出它呢？

正在姥姥一筹莫展之际，黑猫主动松口，放了白蛇——当然不是要放生，而是要逗蛇玩玩儿，就像它常常逗老鼠玩儿那样。

白蛇像白草绳似的瘫在地上，形体虽然还是完整的——谢天谢地——但显然缺乏抗争的勇气，甚至缺乏逃走的勇气。

它只要略略一动，黑猫便举起前爪给它一个巴掌——力度不大，但只这轻轻一拍，它便一动也不敢动了，完全失去了往日的活泼生气，沦落到任猫摆布的地步。

我跟姥姥在旁边看着，心被紧紧揪起来。

姥姥训斥黑猫，要它放了白蛇，但黑猫不同意——到口的食物，哪能轻易放弃！

姥姥无奈，取来长棍，举起棍便要殴打黑猫。黑猫一看大势不妙，只好放弃白蛇，跑开了。

姥姥把棍子伸向白蛇——就像她一次又一次伸向它那样，白蛇在命悬一线失魂落魄之际看到（也许是感觉到）棍子伸过来，立即像抓住救命稻草似的，“嗖”一下缠了上去。

白蛇缠上棍子后，牢牢抱紧棍子，死里逃生，悲喜交集，说不出一句话来。

姥姥把白蛇举在眼前，语重心长地叮嘱它：“听姥姥的话，不要再回来了——丫丫害怕你，花母鸡不容你，黑猫要害你，你何苦呢？”

白蛇默默听着，看来这一次是默默听在耳里，记在心里了。因为从此以后，以后的以后，它再也没有回来。

这一次，姥姥把白蛇送到哪里了呢？我不知道。

但我知道，那里一定离水源很近，离食物很近，离一条蛇的幸福很近。

第四章

长着翅膀的家人

ZHANGZHECHIBANGDEJIAREN

看门鸡

姥姥一生养猫，却很少养狗。

姥姥不养狗，我没有意见，猫咪没有意见，看门鸡却有意见。

看门鸡原本是好端端一只公鸡，每天带领母鸡土里刨食，树下乘凉，鸡架过夜，与众公鸡没有什么不同。

看门鸡的“看门狗”意识觉醒是在姨妈回来的那天。也许是临时起意，也许是公鸡的骨子里流淌着狗的血液（这着实不可思议），姨妈回来的那一天，好端端一只公鸡，突然就变成看门鸡，承担起了家里的警卫工作。

那天，当久违的姨妈出现在姥姥的院落，我和猫咪都不曾认出姨妈，正要找个地方躲起来时，看门鸡发现了姨妈。

跟我和猫咪的反应不同，看门鸡立即“嘎——嘎——”

惊叫着向姥姥报警，同时竖起一身的鸡毛向姨妈示威。

姨妈瞥了一眼公鸡，显然没有将公鸡的示威放在心上，她一边呼唤姥姥，一边继续提着大包小包向院落里走。

这一下，看门鸡的看门狗意识彻底爆棚了。它气得浑身抖动，鸡冠通红（原本就很红），像一只真正的看门狗那样，蓄积起一只公鸡的全部力量，以迅雷不及掩耳之势向姨妈冲了过去……

姨妈还来不及反应……只听“嘣”的一声，腿上早挨了看门鸡狠狠一啄……

姨妈好不容易回家一趟，不料竟受到一只鸡的欺负，哪里受得了？

她顾不得回家，放下东西，正要捡了长棍狠狠教训看门鸡“有眼不识姨妈”，却遭到及时赶出来的姥姥劝阻：“不要跟一只鸡计较，鸡懂什么呢？”

这一劝，总算避免了一场人鸡大战。

但是这一劝，并未化解人鸡之间的尖锐矛盾。虽然姨妈决定“好女不跟鸡斗”，可是看门鸡却认为好鸡就该像只好的看门狗，始终忠实地践行自己的看门职责。

或许在看门鸡的眼里，姨妈什么时候不走，自己作为看门鸡的身份便不能改变。

看门鸡忠诚有余，变通却不足。在这一点上，远不如看门狗聪明——看门狗只咬从外面来的客人，不咬从家里出来的客人。

可是看门鸡不同，不管何时，不论何地，它只要一看见姨妈出现，便不管不顾，像一辆坦克般冲向姨妈……

姨妈回家，原本是回来休息放松，然而被看门鸡追着啄了几次，便再也无法放松了。

她只好躲在屋里，只在必要时才出去一两次。

出门时先在屋里偷偷向外张望一番，确信看门鸡不在院落外面，才屏住呼吸，蹑手蹑脚溜出去。

可是姨妈往往才走出院落几步，一抬头，一回头，或一转头，便会惊骇地发现，看门鸡又像坦克一样向她冲了过来！

好女不跟鸡斗，好女也不愿忍，为了人身安全，只得紧急找个保镖。

找谁做保镖呢？姥姥太老，走路又慢，不会是理想的保镖。

还能找谁呢？只能找年幼的我了。

我能保护姨妈吗？还真能！——看门鸡只有看到姨妈跟家人在一起时，才暂时将姨妈看作家人，不再发起攻击。

看门鸡不攻击任何人，为什么只攻击姨妈呢？姨妈苦着脸请教姥姥。

姥姥正忙着手里的针线活儿，我正忙着跟猫咪玩儿，没有人回答姨妈。

姨妈想了想，最后自己回答了自己：因为看门鸡不认识我……我回家次数太少……

姨妈离开那一天，看门鸡没有再攻击她。

它远远站在路边，表情平静，咕咕叫着，好似在说："我已经知道你是家人了，不会再啄你了！"

我不知道看门鸡以后会不会再攻击姨妈，因为我不知道姨妈会不会常常回来。

绅士鸡

那一年，姥姥卖掉了一些鸡。

绅士鸡成了家里唯一的公鸡。它身体高大帅气，羽毛鲜艳，性情温和，举止文雅，比灰突突的母鸡们惹眼许多倍。

然而它不爱自己，更爱母鸡。

每次喂鸡时，姥姥将金黄的玉米粒撒在院落，母鸡们听到玉米粒落地的声音，总会大张着翅膀，从老远的地方连飞带跑地冲过来，争先恐后抢食玉米粒，完全没有淑女风度。

绅士鸡也随着母鸡们一起跑了过来。作为一只鸡，谁又能抵挡玉米粒的诱惑呢？

但绅士鸡没有跟母鸡们争抢，它淡定地站在鸡群的后面，随意啄食几粒玉米后，便开始“咕咕”叫着，柔声细语招呼母鸡们吃饭。

等到地上的玉米粒渐渐减少，最胖的母鸡还在院落东张西望、寻寻觅觅，却一无所获时，绅士鸡立即“咕咕”呼唤胖母鸡到自己身边去。

胖母鸡闻声跑过去，一看，绅士鸡脚下居然还躺着一粒玉米！

胖母鸡立即毫不犹豫吞了进去——有绅士鸡爱着，胖一点儿又有什么关系呢？

绅士鸡吃饱了吗？不知道。但见它一副很知足的样子，一副“母鸡饱了，就是我饱了”的幸福模样。

等到最后一只母鸡用餐完毕，绅士鸡便带着母鸡们去苜蓿地捉虫子吃去了。

鸡们也很讲究呢，吃完正餐，还要去野餐，虫子算是它们的饭后甜点。

碧绿的苜蓿正绽放出紫色的花朵，绅士鸡带着三五只母鸡悠悠然在土里刨食，偶尔刨出虫子来，自己不舍得吃，总是呼唤母鸡来吃。

绅士鸡捉虫，显然醉翁之意不在虫。

一只公鸡最惬意的时光，莫过于与三五只母鸡在风景如画的苜蓿地一起土里刨食，一起绿荫下乘凉，一起花丛中安眠。

绅士鸡不但对母鸡绅士，也对人绅士。

它从来不像其它公鸡一样，趁姥姥不在时，竖起羽毛向我示威。

我自然也不欺负它，只是偶尔伸张正义，替母鸡打抱不平的时候才欺负它——什么时候呢？就是当绅士鸡忽然变得不绅士的时候——当它整个身子踩在母鸡身上的时候。

每当那个时候，善良正义的我会举着长长的棍子去打绅士鸡，非要将它从母鸡背上赶下去不可。

那时候，绅士鸡也不会抗议。可怜它正全神贯注踩在母鸡背上，不料突然遭到袭击，不得不仓促跳下地面，抖抖翅膀压压惊，整理整理凌乱的鸡毛，悻悻然走开。

多年以后，年幼的我已经长大。当我再回到姥姥的山谷，再看到苜蓿地里的鸡群，想起幼时的事情，才恍然明白，自己当年的“善良正义”之举其实是“棒打鸳鸯散”——绅士鸡自由恋爱，主人又何必粗鲁地去干预呢？那种举动实在不如绅士鸡绅士！

眼前的苜蓿地里，一只公鸡正带着三五只母鸡在悠然觅食。它温柔优雅地招呼母鸡们的样子，像极了当年的绅士鸡。

贪吃鸡

老屋的门“吱呀”一声开了，侧耳倾听，却再无动静。

喊姥姥，没有回应；喊黑猫，没有回应；喊风，也没有回应。

难道又是贪吃鸡进屋了？从后屋出去一看，果然是它进来了！

贪吃鸡进屋，向来蹑手蹑脚，对主人的喊叫装聋作哑、一声不应。这倒不是因为它生性高傲，不爱搭理主人，而是因为它太贪吃，根本不舍得浪费时间去说话。

一眼看去，贪吃鸡嘴里早已叼了一口猫食。

“咦？又偷吃！”

我从灶膛下拾起一根棍子就要打贪吃鸡，它看我来势汹汹，想要解释什么，但终究不舍得吐出美味的食物，含着满嘴猫食连飞带跑逃出了屋子。

贪吃鸡进屋偷吃猫食，一回生二回熟，终于偷成了习惯。这自然不是好习惯，可是贪吃鸡积习难改，我和姥姥无论进行温和劝导，还是采取“疼痛教育”，全都无济于事。

功夫不负有心鸡，由于长年累月地偷食，贪吃鸡终于把自己吃成了一只胖母鸡。

它再进屋偷吃猫食，我仍然举起棍子追打它，它仍然叼着食物逃跑。只是再也跑不快了，有时甚至还被门槛绊个趔趄。

“慢点追，慢点追！”

姥姥既担心我摔倒，也担心贪吃鸡被我打伤。贪吃鸡那么胖，被一个不知轻重的丫头狠狠打一棍，不受伤才怪呢。

可是因为姥姥的袒护，我从未打伤、甚至从未打疼过贪吃鸡。

姥姥撒玉米粒喂鸡，别的鸡都吃饱了，一个个伸伸懒腰抖抖翅膀离开院落。

只有贪吃鸡还在吃。吃尽最后一粒玉米，还在东张西望，寻寻觅觅。

忽听绅士鸡温柔呼唤：“咕咕咕，咕咕咕！”一边呼唤，一边抬起一只脚，脚下奇迹般露出一粒金黄的玉米。

原来绅士鸡偷偷为贪吃鸡藏了一粒玉米！绅士鸡显然知

道贪吃鸡贪吃，心疼贪吃鸡总是吃不饱，这才背着所有鸡为贪吃鸡藏了最后一粒玉米。

贪吃鸡一眼瞥见绅士鸡脚下的玉米，立即两眼放光，抬起双脚便冲了过去，二话不说，咯嘣一声吞掉了玉米粒。

“咯——咯咯——”它终于心满意足了。

下蛋时间到了，贪吃鸡拖着圆滚滚、胖乎乎的身体一步步走向鸡窝，去完成一个母鸡的使命。

谁知才走到半路，忽听院落里传来食物落地的声音。贪吃鸡敏感的耳朵立即捕捉到了那细微的声音，它“呼”一下转过圆球般的身体，连爬带滚赶回院落，再次大快朵颐。

得下蛋了！得下蛋了！它胡乱吃几口，匆忙赶往鸡窝。

“咚！”这次是骨头落地的声音。贪吃鸡一只脚已经迈进鸡窝，无奈食物在召唤，美食不可辜负，只好火速从鸡窝抽身，再次连滚带爬赶回院落。

在啃剩的骨头上啄肉吃，需要的何止是耐心，还需要时间。可是贪吃鸡实在没有时间了，再不去鸡窝，恐怕就要冒随地下蛋的风险。

不吃了，不吃了！贪吃鸡努力说服自己，恋恋不舍离开了院落。

贪吃鸡强忍着口水，终于一步步挪到柴门。

蓦然回首，只见其它鸡吃得正欢。

“等我拉开架势下完了蛋，那骨头恐怕连渣子都不剩了吧？”贪吃鸡眼珠一转，头一歪，飞快地转动着聪明的大脑。

再去吃一口，再去吃一口！

贪吃鸡短暂纠结后，很快听从了内心的选择。它鸡冠憋得通红，双腿憋得更粗壮，强忍着滑到出口的鸡蛋，又一次返回了院落……

“好了，别再逗它了！”姥姥劝姨妈不要再拿食物诱惑贪吃鸡了。

“第一次见贪吃得顾不上下蛋的母鸡！”姨妈乐，我也跟着乐。

姥姥也乐，但乐归乐，心疼归心疼。她让我捡走那块骨头，说，大热天的，那么胖的鸡有蛋憋着不下，还来回拼命跑，怎么受得了？

我从鸡嘴下抢走骨头，其它鸡很快散了。

贪吃鸡怅然若失，看看再无食物可吃，终于义无反顾下蛋去了。

“这么胖的鸡，杀了吃肉吧？”姨妈望着贪吃鸡艰难挪动的身体说。

“可别打它的主意！”姥姥果断地说。

姥姥说，贪吃鸡常常下双黄蛋，她舍不得双黄蛋呢。

其实，她既舍不得双黄蛋，也舍不得贪吃鸡呢。

鸡窝在哪儿

按姥姥的理想，等攒够一篮子鸡蛋，便将多半鸡蛋拿到六七里外的集市卖掉，换取生活；剩下几颗鸡蛋，煮熟给丫丫吃。

无奈理想很丰满，现实很骨感。

往日，当姥姥从田野返回时，母鸡们已经下完了蛋，姥姥总能在鸡窝收到几颗温热的鸡蛋。

可是最近收鸡蛋时，鸡窝常是空的。

偶尔有鸡蛋，那鸡蛋也多半空了——原来是喜鹊用长长的尖嘴巴啄开了鸡蛋，将蛋清蛋黄全部吃掉，只留下一个空空的残缺的蛋壳。

姥姥看在眼里，疼在心里。

为了能在喜鹊下嘴前收回鸡蛋，姥姥嘱咐我整个下午留意母鸡的动静，一听到母鸡“咯咯蛋”的报蛋声结束，赶快去把鸡蛋收回来。

我兴奋地接受了使命。不过，谁有耐心等到母鸡的报蛋声结束呢，一听到报蛋声响起，我便立即冲出去收鸡蛋。

母鸡刚刚下完蛋，正在扯着嗓子，一遍遍热烈地宣扬它下了一个蛋。蓦然抬头，看见一个小丫头飞冲过来，吓得放弃广而告之，无奈地拍打着翅膀跑掉了。

我迅速把手伸进鸡窝，很快收到了一颗鸡蛋。

那椭圆形的鸡蛋刚刚脱离母鸡的身体，握在手里，温热饱满，令人欢喜。

从此喜欢收鸡蛋，收蛋成瘾。

再也等不到母鸡下完蛋才去——远远看见母鸡进了鸡窝，我便尾随而至，静候窝旁。

年轻花母鸡是一只新时代的新母鸡，很注重个人隐私的保护。一旦发现下蛋时窝旁有人偷窥，便破口大骂，花容失色，恨恨离开——这蛋，本姑娘不下了，谁爱下谁下！

老花母鸡是只传统的贤妻良母鸡。它认为下蛋是母鸡的天职，即便外部环境改变也不应该影响下蛋。所以它只要下蛋，便心无旁骛，一心一意下蛋。虽然下蛋被人参观不免尴尬，但它默默忍耐，从不抗议。

年轻黑母鸡是最具明星气质的母鸡，黑衣像夜晚一样黑，红冠像火焰一样红。它一看见有人参观，便瞬间产生表演欲望，“嘎嘎嘎”唱起歌来。一边唱歌，一边下蛋，结果歌没唱好，蛋也没有生下。

老黑母鸡是最下功夫下蛋的母鸡。它把别的母鸡用来喝咖啡、谈恋爱、散步的时间全部用来下蛋。可是鸡蛋迟迟不来。它在鸡窝里静静卧了一个下午，到最后也没有生下一颗鸡蛋。它不反思自己，倒把怨气发泄在我身上——黑着脸瞅了我一眼，拉了一泡便便离开了。

在我负责收鸡蛋的那些日子，花喜鹊偷食鸡蛋的次数大大减少，但母鸡们下蛋的数量也减少了。

后来，母鸡们甚至不去鸡窝了。

母鸡们还在下蛋吗？

姥姥说，母鸡们身体健康，毛色光亮，应该还在下蛋。

对呀，肚子里怀了鸡蛋，那蛋又大又沉，不下不憋得慌吗？

不过，母鸡下蛋是一件私密性很高的事情，这件事母鸡甚至不让公鸡知道，更不愿意被人知道。母鸡每次建造鸡窝，都煞费苦心。当它们发现苦心建造的鸡窝已经暴露，往往会放弃这个来之不易的鸡窝，再去造一个新的鸡窝。

母鸡们定然是换了个鸡窝。

新的鸡窝会在哪儿呢？

姥姥带着我在老屋周围寻找鸡窝，翻起柴垛看看，没有；翻起羊草看看，没有；最后墙根下也看了，还是没有。

一连寻找了几天，遍寻不见。我毫无头绪，姥姥也一筹莫展。

一日，姥姥从集市赶集回来，发现花喜鹊正站在高粱秸秆上嘎嘎叫着。

它看见姥姥走近，假装飞走，但眨眼又飞回秸秆。姥姥走过去，移开两捆高粱秸秆，一时惊呆：满满一窝鸡蛋藏在那里！喜鹊吃掉了几颗，但还没来得及吃掉更多！

高粱秸秆下的鸡窝被发现了，我和姥姥自是欢喜。

母鸡们怎么想呢？

它们第二日怀揣鸡蛋去下蛋，一看，满满一窝鸡蛋全不见了，多少天的劳动成果凭空消失了！

一个个心里暗暗叫苦，觉得此窝不可久留，便不再在高粱秸秆下下蛋了。

我兴致勃勃去收鸡蛋时，又收了一个空。

又一个鸡窝被抛弃，孤零零地沉默着。

这一次，母鸡们能将鸡窝换在哪里呢？

姥姥带着我与黑猫，房前屋后，坡上坡下找了一个遍，却是“踏破铁鞋无觅处”。

多天以后，姥姥在屋檐下择野菜，我跟猫咪在院子里玩耍。

忽然，那只花喜鹊又出现在眼前。它在一个干草垛上嘎嘎叫着，兴奋地走来走去，仿佛发现了什么重大秘密。

又是那只偷鸡蛋的花喜鹊！

看到花喜鹊，姥姥似乎想起了什么。她放下野菜，走去草垛，我与黑猫赶快跟过去。

草垛是一个寻常的草垛，没什么异常。

姥姥转到草垛的另一边——另一边是一棵大桃树，枝繁叶茂，结满桃子的桃树枝沉甸甸低垂下来，覆盖在草垛上——那里能有什么秘密呢？

姥姥弯腰查看，发现大桃树与草垛之间的沙地上留有母鸡的脚印，便唤我进去看看。

我猫着腰，从茂盛的大桃树下爬过去，爬到桃树树根位置——树下空空的。然后朝着另一边的草垛一侧头，立即惊叫起来——草垛底层凹进去的地方有个鸡窝，里面静悄悄藏满了白花花的鸡蛋！

这鸡窝从草垛外面看，根本就发现不了，只有爬到桃树底下，才能看出端倪。

想不到母鸡们居然找到这么一个隐秘的地方！

若不是花喜鹊泄露信息，我和姥姥还不知要找到什么时候呢！

只是，这么隐秘的地方，花喜鹊又是怎么发现的呢？我们不得而知。

经过这一次寻找鸡窝之事，我们对花喜鹊的敌意减弱了许多，对它的偷蛋之举，也原谅了几分。

不过，如何才能避免母鸡不断挪窝呢？

姥姥想了想，叮嘱说，以后收鸡蛋不要全部收走，要留下一两颗在鸡窝里。

那留下来的一两颗鸡蛋便成了母鸡们的“定心丸”，它们从此安心在那个窝里下蛋，再没有偷偷挪窝。

母鸡打鸣

一场鸡瘟，夺走了山谷里多数鸡的生命。姥姥喂养的十来只鸡，死得只剩下一只。

只剩下的一只鸡是芦花母鸡。芦花母鸡以前是众多鸡之中的一只，性格温和，不卑不亢，隐在鸡群中，默默无闻。

几天之间，其它鸡纷纷死去。芦花母鸡失去鸡群的庇护，一下子暴露在大庭广众之下，慌乱极了。

芦花母鸡显然不懂得鸡瘟是怎么回事，死亡是怎么回事。但它发现其它同伴全部消失不见了。

漫长的白天，再也没有母鸡跟它一起聊天，再也没有公鸡跟它一起散步。漫长的夜晚，再也没有群鸡跟它一起飞上鸡架，陪她度过黑暗而冷清的夜晚。

其它鸡到底去哪儿了？一连多天，这个问题似乎都在困惑着芦花母鸡。

姥姥在院落里撒了玉米粒，它心不在焉啄了几口，便没心情再吃了。

它形单影只离开院落，一会儿慢慢爬上山坡，一会儿徐徐去苜蓿地散步。走着走着，一只脚抬起来，忘了落下去，便单腿站立，歪着头，瓷着眼，思考起人生来。

人生是什么，鸡生又是什么。鸡从哪里来，又往哪里去。鸡为什么而活着，为什么而消失……

芦花母鸡也许想明白了一些，也许完全没有想明白。也许，它什么都没想，只是金鸡独立，怅然发呆罢了。

但寂寞如影随形，像空气，无形无色无味，看不见抓不到嗅不着，却紧紧包围着芦花母鸡。

傍晚，天尚未全黑，芦花母鸡便早早飞上鸡架。它孤零零卧在高高的鸡架上，偶尔转动脑袋瞅瞅四周，咕咕咕叫几声，好像在寻找着谁，呼唤着谁，但终于没有得到任何回应。

某天夜深时，屋外忽然传来打鸣声。

我被吵醒，姥姥也被吵醒。侧耳细听，又听不到声音了。家里已经好久没有公鸡了，怎么会有鸡打鸣的声音呢？我和姥姥都以为听错了，也没在意。

谁知黎明时，屋外再次传来清晰的打鸣声：“咕——咕咕

——喔喔！”

姥姥以为家里来了别人家的公鸡。出门查看，鸡架上除了芦花母鸡，并无公鸡出现。

原来，是芦花母鸡在打鸣！

原来，被孤独逼急了，一只母鸡也能学会打鸣！

我和姥姥都有些愕然。

芦花母鸡倒是丝毫不以为意。它并不觉得一只母鸡打鸣值得大惊小怪。

它像平时一样，在晨光中跳下鸡架，若无其事地开始了新一天的生活。

此后一连几天夜里，屋外都传来芦花母鸡的打鸣声。

它的打鸣声不像公鸡的打鸣声，似乎不是为了报时，只是为了排遣寂寞。当寂寞像夜晚的黑暗一样浓稠地包围了它的时候，它企图以打鸣的方式撕开寂寞的一角。可惜打鸣声声，终究撕不开黑暗，赶不走寂寞。

它能有什么办法？它什么办法也没有，只好在辗转难眠时不断打鸣，打鸣。

姥姥听着那一声声打鸣声，听着听着睡不着了。

黎明时分，我跟姥姥打着马灯出去看望芦花母鸡。姥姥从鸡架上抱下芦花母鸡，抱在怀里轻柔抚摸。芦花母鸡得到姥姥的爱抚，不再打鸣了。

鸡的眼睛呆滞，不会跟人对视，但它会咕咕咕叫着跟姥姥说话。

说着说着，黑暗慢慢退去，芦花母鸡在晨光中渐渐有了光彩。

白天，我和姥姥走近芦花母鸡，常听到芦花母鸡自言自语："嘎——嘎嘎嘎——嘎嘎……"

姥姥闲暇时，会抱起它，跟它说说话。忙碌时，便再无法管它。

一个孤独的老太太，能减轻一只鸡的寂寞吗？不能！能给鸡爱情吗？不能！能给鸡友情吗？不能！能给鸡孩子吗？不能。能用鸡语跟鸡谈心吗？不能……

姥姥决定去集市买几只鸡回来。

鸡瘟过去不久，卖鸡的人很少，寥寥几只鸡卖得很贵。姥姥卖掉了仅有的一篮鸡蛋，又添了一些钱，买回一白一黑两只母鸡。

芦花母鸡终于又有了同类！

入夜，我跟姥姥打着马灯出去看望芦花母鸡，看见三只鸡紧挨着卧在鸡架上。

芦花母鸡一边挨着新来的白母鸡，一边挨着新来的黑母鸡，静静地睡着了。

姥姥没有打扰母鸡们，她放轻脚步，安心回屋休息了。

那一夜，屋外再没有传来芦花母鸡寂寞的打鸣声。

黑母鸡的母亲情结

家里的鸡又渐渐多了起来，暖季时，母鸡们又开始孵小鸡了。

白母鸡孵小鸡得到了姥姥的允许。姥姥数了二十一颗鸡蛋放在鸡窝，让母鸡尽情孵化，以成全它做母亲的愿望。

黑母鸡孵小鸡，完全是自作主张。姥姥不知道，我不知道，黑猫也不知道。或许其它鸡有知情者，但没有鸡泄露黑母鸡的秘密。

不过，不久，姥姥还是发现了黑母鸡的问题。

一连几天，姥姥喂鸡，鸡们争前恐后抢食玉米粒。鸡头攒动中，姥姥把鸡数过来数过去，发现除了孵小鸡的白母鸡，还少了黑母鸡。

晚上鸡们全都飞上鸡架，黑母鸡还是不见踪影。

公鸡几天不见，定是凶多吉少。但母鸡几天不见，很有可能是躲在某个角落孵小鸡去了。

姥姥带着我，在老屋前前后后仔细寻找鸡窝，都不曾找到。姥姥以为黑母鸡是意外死掉了，无可奈何，只好放弃了寻找。

很多天后，我跟姥姥背着背篓出去打草，走过屋后一棵粗壮而沧桑的老柳树，一眼看到曾经收过鸡蛋的那个树洞。

姥姥，树洞里会不会有鸡蛋呢？

不等姥姥回答，我已跑到树洞旁。正要把手伸进树洞，忽听树洞里传来母鸡的惊叫声。定睛一看，原来是黑母鸡，正端端正正卧在树洞里。怪不得多少天见不着面，原来是在树洞里躲清静呢！

听到鸡的鸣叫声，姥姥也赶到树洞旁。黑母鸡看到姥姥，"咕咕"叫两声，算是打过了招呼，却仍然没有起身走开的意思。

姥姥伸手抱起黑母鸡……黑母鸡身底下搂抱了一窝鸡蛋！

黑母鸡果然是在偷偷孵小鸡。

黑母鸡前些日子就曾卧在鸡窝不起来，不吃不喝，不梳洗打扮，也不谈恋爱，典型孵小鸡的模样。

可是家里已经有白母鸡在孵小鸡，不需要更多的母鸡孵小鸡了。姥姥便把黑母鸡赶出了鸡窝，并收走了黑母鸡企图孵化的鸡蛋。

本以为黑母鸡从此死了孵小鸡的念头，谁知它做母亲的心意已决，明着孵小鸡不被允许，便背地里去孵小鸡了。

没有鸡窝用来孵小鸡？没关系，找个树洞，照样可以孵。没有鸡蛋用来孵小鸡？没关系，自己生呗。一天一个，半个月生十几个，也够孵化十几只小鸡了。

现在，十几颗鸡蛋被黑母鸡孵化得热乎乎的，姥姥拿起鸡蛋摇了摇，又举在眼前看了看，判断小鸡离孵化已经不远了。

那时候，白母鸡的一窝鸡蛋已经孵化，二十一颗鸡蛋中孵化出十多只小鸡。家里的鸡已经足够多，真的不需要再孵出一窝小鸡了。

可是有什么办法呢？躲在树洞里孵小鸡的黑母鸡，已经把一窝生蛋孵成将要破壳而出的小鸡了，眼看黑母鸡做母亲的愿望就要实现了，谁又忍心破坏呢！

姥姥轻轻把黑母鸡放回树洞。黑母鸡立即将鸡蛋一颗不落搂抱在身底，很快又恢复孕育孩子的状态。

姥姥回屋舀了一碗清水，放在黑母鸡身旁。又在树洞里撒了粮食。

姥姥选择成全一只母鸡做母亲的愿望。

不久后的一天，我跟姥姥在院落里择野菜，忽然听到老母鸡大声招呼小鸡“咕——咕——”的鸣叫声。

朝柴门的方向一看，只见黑母鸡正张开双翅，护送着一群毛茸茸的小鸡钻过柴门，进到院落里来。

黑母鸡成功在树洞里孵化了一群小鸡，带领孩子们回家了。

姥姥赶紧倒水，撒米粒，为黑母鸡一家接风洗尘。

一群小鸡，像一群滚动的小毛球儿，满院子乱跑，给姥姥的院落平添了无限生机。

只是黑母鸡瘦了，瘦得形销骨立，令人心疼。

姥姥多撒粮食犒劳黑母鸡。谁知黑母鸡一会儿操心这只小鸡，一会儿操心那只小鸡，根本无心多吃。

不一会儿，白母鸡也带着一群小鸡回到院落。黑母鸡见状，立即扯着嗓子“嘎——嘎——”示威，警告白母鸡和白母鸡的孩子不要伤害自己的孩子。

为黑母鸡撒下的粮食，很快被白母鸡和白母鸡的孩子们吃得干干净净。

黑母鸡并不沮丧，它甚至没有发现食物已经被吃光了。似乎只要拥有孩子，其他都是浮云。

虽然白母鸡和白母鸡的孩子并没有伤害黑母鸡的孩子的意思，但黑母鸡显然还是不放心。

它张开翅膀，咕咕叫着，喊孩子们回家。等所有小鸡回到它的身下，它便合拢张开的翅膀，把孩子们笼罩在羽翼之下。

黑母鸡饿吗？一定很饿很饿。

但它似乎忘记了饿，或者忽略了饿。

它慈祥坚定的眼神表明，为了孩子，再饿也值得。

那只不下蛋的母鸡

家里鸡多时，哪只母鸡下蛋，哪只母鸡不下蛋，姥姥没那么清楚。

家里鸡少时，哪只母鸡老老实实下蛋，哪只母鸡偷懒不下蛋，姥姥也没那么清楚。

一段时间，家里有三只母鸡，每天却只能收到两颗蛋。

姥姥推测，有一只母鸡应该是在假装下蛋——鸡窝里也卧了，报蛋也报了，但鸡蛋其实没生下来。

哪只母鸡是在真正下蛋，哪只母鸡是在假装下蛋呢？

姥姥说，听到母鸡“咯咯蛋”的报蛋声，马上冲到鸡窝收鸡蛋，看看鸡窝里有没有多出一只鸡蛋，就知道母鸡有没有真的下蛋了。

按照姥姥的指点，我终于搞清楚是哪只母鸡没有下蛋了。

一连几天，一听到母鸡的报蛋声，我便兴致勃勃冲到鸡窝收蛋。鸡窝旁有母鸡在一遍遍“咯咯蛋”地叫着，我以为将要收到一颗热乎乎的大鸡蛋，谁知探头一看，鸡窝里空空如也！

这才知道，正在鸡窝旁大声报蛋的母鸡一下午卧在鸡窝，不过是在假装下蛋，大声报蛋其实是在虚假宣传。

虚假宣传毕竟不是光荣的事，假装下蛋的母鸡看我空手从鸡窝旁走开，知道事情已经败露，再也没脸演下去，扇动翅膀舒展了一下腰身，讪讪地跑开了。

原来常常假装下蛋的母鸡是那只黑母鸡。

它彼时长得壮壮实实，鸡冠通红，看上去不像不能下蛋的样子。可就是不下蛋。

自从假装下蛋的丑事被发现后，它无法再假装下去，便干脆连假装也懒得装了，铁了心不下蛋了。

不仅如此，黑母鸡还开始玩失踪，常常一个下午不见身影。

一只母鸡铁了心不下蛋，主人一般会选择卖掉，或者吃掉。但姥姥一时没有卖掉它，也没有准备吃掉它，随它的性子自由自在地活着。

过了一个月左右，邻居提了一篮鸡蛋来家里拜访：“她姥姥，你家黑母鸡在我家树洞下了一堆鸡蛋，我给您收来了！”

原来黑母鸡玩失踪是另找了个清净的地方下蛋去了。家里人对它有偏见，认为它不过是假装在下蛋，老是打扰它下蛋。它无可奈何，只好找了个不为人所知的树洞，踏踏实实地下蛋去了。

把鸡蛋下在邻居家的树洞，如果不是被邻居意外发现，主人怎么可能知道自家母鸡其实是在认认真真下蛋呢？

主人不知道便不知道吧，黑母鸡根本不打算解释。

在它眼里，下不下蛋是自己的事情，不必昭告天下，甚至不必告诉主人。

树洞被发现后，我又天天去树洞收鸡蛋。黑母鸡正处在下蛋的紧要关头，一看见我，骤然紧张，花容失色，憋着就要下出的鸡蛋，愤愤然跳下树洞逃走了。

从此黑母鸡再也没去树洞，它似乎又换了个更隐秘的地方下蛋去了。常常一下午一下午失踪。又过了一些天，干脆不回家了。

我和姥姥遍寻坡上坡下，屋前屋后，犄角旮旯，都不曾发现黑母鸡的蛛丝马迹。

一只鸡消失了二十天左右，多半是九死一生啊。姥姥想到它可能遭遇的种种不测，想到它生命最后时刻可能的无助凄凉，不禁黯然。

谁知，消失了二十多天后，黑母鸡竟然又奇迹般回来了。

它不是孤孤单单、冷冷清清地回来，而是带了一群毛茸茸的小鸡，热热闹闹、喜气洋洋地回来了，大有衣锦还乡、光耀门楣的气势！

我和姥姥一时惊呆，简直不敢相信自己的眼睛。

谁说黑母鸡只会假装下蛋呢？它不但会真正下蛋，而且还会真正生孩子呢！

从此以后，我和姥姥都对黑母鸡刮目相看。

我们再不敢怀疑黑母鸡下蛋的能力，也再不敢随便怀疑别的母鸡下蛋的能力了。

无处不在的鸡蛋

白母鸡孵化的小鸡和黑母鸡孵化的小鸡长大后，家里鸡的数量骤然增加。

公鸡六七只，母鸡十几只。母鸡骤然增多，但鸡窝仍然只有两个。

窝少鸡多，下蛋那样优哉游哉的事，忽然变成了抢占鸡窝的激烈比赛。

抢先占得鸡窝的母鸡，有的下蛋干净利落，速下速决。有的下蛋不疾不徐，不温不火。有的下蛋磨磨蹭蹭，似下非下，卧在鸡窝里迟迟不肯出来。

等待下蛋的母鸡一会儿去鸡窝查看一次，一会儿又去鸡窝查看一次——两个鸡窝里都稳稳当当卧着正在下蛋的母鸡。

等待下蛋的母鸡先还“嘎嘎”叫几声，以示提醒、催促。

后来终于无语了——呜呼哀哉，有蛋不能下，实在没有心情说出话来。

鸡蛋已在出口，不下憋得慌，随地下又难为情。怎么办呢，怎么办呢？

宁可不下蛋，也不能随地下蛋，丢鸡的脸！

等待下蛋的母鸡打定主意不随地下蛋。它憋红了鸡冠，夹紧已经坠到产道出口的鸡蛋，焦灼得站也不是，坐也不是，走也不是。

就在它六神无主、心急如焚、濒临崩溃的刹那，忽然，身底一阵轻松——鸡蛋自作主张，“咕咚”一下滑出去了！

母鸡如释重负，正要高声报蛋，却恍然惊觉鸡蛋不是下在具有隐秘性的鸡窝，而是下在草丛里！

鸡蛋下在草丛里合适吗？符合鸡的传统美德吗？影响鸡的淑女形象吗？……母鸡们怎么看？公鸡们怎么看？黑猫怎么看？姥姥怎么看？……

其实别人都还不知道这件事，母鸡自己却心慌气短、大惊失色，“咯咯——蛋！？”报蛋声里充满了疑惑。

听到充满疑惑的报蛋声，作为一个小丫丫，我不确定母鸡到底有没有下蛋。只管像小猎狗一样冲进草丛，在母鸡周围疯狂地寻觅鸡蛋，居然没费多少工夫就找到了。在一大丛绿草中央，赫然卧着一枚白晃晃的鸡蛋！

第一次在草丛里收到鸡蛋，我惊喜极了。好像在麦田里摘到了星星，在水里捞起了月亮，在梦里捉到了蝴蝶！

草丛之外，会不会也有母鸡偷偷下了鸡蛋呢？

抱着试试看的心情，我搜过了草丛，又去果园搜寻。才翻墙进入果园，一眼瞥见墙角茅草下白得可疑。跑过去，掀起茅草一看，果然是鸡蛋，满满一墙角鸡蛋！

原来被蛋憋疯了的母鸡不是一只两只，它们被鸡蛋憋着憋着，终于憋出了灵感。这灵感不来则已，一来便如泉涌，势不可当。母鸡们一旦打破思维定式，心中豁然开朗——天地那么大，哪里下蛋不是下蛋，何必拘泥于鸡窝呢！

打破思维定式的母鸡们，心理素质也跟着强大了：在鸡窝外的地方下蛋合不合适？管它呢，且下自己的蛋，让别人去说吧！于是便有了这墙角的鸡蛋。

一墙角鸡蛋，像一墙角秘密。收鸡蛋忽然就变成了收秘密。一颗，两颗，三颗……足足有十多颗“秘密”。我把那些“秘密”一颗颗收了，兜在衣襟，小心翼翼走到果园门口喊姥姥来开门（果园的木栅门关着）。

等姥姥时，一低头，眼睛被月光一样的白晃了一晃。定睛一看，原来木栅门旁的凹地上也卧着几颗鸡蛋！

捡起来细看，鸡蛋一半白亮，一半沾了黄土。凑近鼻子闻一闻，既有鸡蛋的香味儿，也有阳光的香味儿，还有土地的香味儿。

我闻上了瘾，索性拿起鸡蛋，一颗颗闻过去。

晌午，姥姥做饭，燃起袅袅炊烟后，才想起还没有摘回豆角和茄子，慌忙喊我去摘。

我提了柳编的篮子，爬上老屋前的山坡，走进坡顶的菜园。还没来得及摘豆角和茄子，先被灯笼一样熟透的大西红柿吸引了。迫不及待去摘西红柿解馋，才发现那颗西红柿被谁偷食了一半儿，果肉裸露在外，红色的汁液正滴答滴答落到地上。

看来是某只鸡偷食了西红柿。是哪只鸡呢？

我钻进西红柿地搜寻鸡的身影。不搜不知道，一搜不得了。在西红柿地旁的沙地上，堆了数不清的鸡蛋。在西红柿与玉米之间的空地中，也挨挨挤挤躺着鸡蛋。

几丝阳光透过庄稼的缝隙漏进来，幽幽地照亮了鸡蛋。鸡蛋们显然是在秘密聚会，它们似乎受到母鸡的叮嘱，个个不言不语、低调做蛋。

然而我能感觉到，每一颗鸡蛋脸上都泛着笑意，每一颗鸡蛋心里都唱着欢歌！

我轻轻地抚摸着鸡蛋，我也在微笑，我也在心里唱着欢歌……

姥姥等我摘豆角和茄子，等啊等啊，终于等不住了，亲自爬上山坡来。

听我说了在这里那里收到鸡蛋的事，她本来有些紧绷的脸，很快笑成了一朵大秋菊，只是笑着笑着有些不好意思了：

“姥姥老糊涂啦，该多造几个鸡窝啦！”

正说着，坡顶的邻人从远处的篱笆墙探出脑袋，大声冲姥姥喊：“她姥姥，你家母鸡又在我家树洞下蛋啦，快让丫丫来收蛋吧！”

暖季过去，天气一日日变冷，母鸡们下蛋的热情似乎也降了温。平日下蛋的地方鸡蛋数量渐渐减少，有些地方甚至一颗鸡蛋也收不到了。

收不到鸡蛋的日子，我手里空空的，心里也空空的。

午后心不在焉地跟着姥姥去草房子抱草。抱了一小捆高粱秸秆正要走，忽听姥姥高喊：“丫丫，快看！”

我漫不经心地回过头，一看，立即欢呼起来：“鸡蛋，鸡蛋！”

真是鸡蛋，高粱秸秆底下原来藏着一窝鸡蛋！

那么，玉米秸秆底下有没有藏着鸡蛋呢？干杨树梢底下有没有藏着鸡蛋呢？干柳树梢底下有没有藏着鸡蛋呢？……

我跟姥姥抱着渺茫的希望，抱起一些草捆子查看。高粱秸秆底下有鸡蛋吗？没有。干杨树梢底下有鸡蛋吗？没有。干柳树梢底下有鸡蛋吗？也没有。

姥姥说，看来是没了，姥姥抱麦秸回去煮蛋给你吃吧。

来到麦秸垛，我帮着姥姥从麦秸垛上抓麦秸，没抓两下，抓空了——手抓进了一个洞里。

洞里不会住着老蛇吧？我吓得赶紧缩回手。

姥姥说不会有蛇，大冷天，哪来的蛇呢！但是她也疑惑，走近麦秸洞，伸手向麦秸垛深处一探……一脸的皱纹瞬间舒展开来，她显然摸到了什么，但是忍住笑意，秘而不宣。

“丫丫，你来摸！”

姥姥捉着我的手送进洞里，放到一堆什么东西上，那东西圆溜溜的，光滑滑的，一颗一颗的……是鸡蛋，鸡蛋啊！

原来天冷后，母鸡们是钻到麦秸垛里下蛋去了，真是绝顶聪明，会享受生活啊。

姥姥带我绕麦秸垛查看。我们又发现两个鸡窝，那两个鸡窝也藏着积攒多日的鸡蛋！

我又开始忙着收鸡蛋了。一窝鸡蛋刚送回家里，下一窝鸡蛋又等着去收了。

到处都是鸡蛋，似乎怎么收都收不完，是梦里才有的情形，没想到竟然会出现在真实的生活里！

那年到底收了多少鸡蛋，我已经记不清了。只记得几乎每天都在收鸡蛋，感觉每天都有收不完的鸡蛋。

家里的鸡蛋空前绝后地富有。姥姥请舅舅和姨妈们回来取鸡蛋。

久违的亲人们纷纷回来，家里空前绝后地红火热闹起来。姥姥叮嘱这个，招呼那个，脸色红扑扑的，像喝醉酒似的。

她亲自给儿女们往篮子里装鸡蛋：“多拿几颗，多拿几颗……多拿一篮吧！”

鸡蛋被舅舅和姨妈们拿走后所剩不多，但留给我的鸡蛋，仍然不少呢。

母鸡们依旧日日下蛋，我几乎每天都在收鸡蛋，感觉每天都有收不完的鸡蛋！

然而随着天气日益寒冷，鸡蛋终于还是越收越少了。后来，甚至再没有鸡蛋可收了。

但那年的鸡蛋仍然一直滋养着我，它们常常出现在我的梦里：

在姥姥做的鸡窝里，在碧绿的草丛中，在果园的墙角边，在关着的木栅门旁，在西红柿地旁的沙地上，在邻居家的树洞里，在高粱秸秆脚下，在麦秸垛深处……

到处都是鸡蛋，鸡蛋到处都是！

而我仍然是个山谷里的小丫丫，像多年前一样，提着柳编的篮子，满心欢喜地收了所有鸡蛋走回老屋去。

老屋里，我的姥姥仍然活着。

她看到鸡蛋时，长满皱纹的脸仍然会笑成一朵灿烂的秋菊。

野鸡的秘密

在七十年前，我的姥姥还是一个小姑娘，姨姥姥也是。那时候她们还没有搬到姥姥的山谷，而是住在一个叫野鸡岭的地方。

野鸡岭，顾名思义，本是野鸡的天地。但随着人的猎杀，野鸡渐渐少了，真正见到野鸡的机会并不是很多。

能否偶遇野鸡，全靠运气。

小姑娘姥姥背着背篓，跟着小姑娘姨姥姥出去打草。那天天气晴朗，天空飘着朵朵白云，地上草木茂盛。她们沐浴着从树木间洒下来的点点阳光前往远方，走着走着，不知不觉走远了。

环顾四周，她们发现到了从不曾涉足的地方，那里显然少有人去。草木几乎与人齐高，风吹草低，看不见牛羊，却看见了被惊起的野鸡。

野鸡长得像鸡，但尾巴比鸡长，比鸡瘦小，比鸡灵敏。一受到惊吓，立即连飞带跑逃走了。

她们只来得及惊鸿一瞥，无缘再多看一眼。

姥姥与姨姥姥愣在原地！野鸡从草丛里逃出去，逃到了草丛外面的山坡。

山坡光秃秃，除了大大小小的土疙瘩，别无一物。

然而野鸡就是从那里消失了——没有跑回草丛，也没有逃到远处，就是在土疙瘩密布的地方，凭空消失了！

难道土疙瘩遍布的山坡有个秘密的山洞，野鸡是钻入了地下密洞？

姥姥与姨姥姥忘记了打草。她们悄悄爬上山坡，睁大眼睛，细细搜寻，却一无所获。

山坡除了土疙瘩还是土疙瘩，毫无野鸡的踪影，连根羽毛都没有。

两个小姑娘只好返回草丛打草。一边打草，一边不时地张望山坡，期待能找到野鸡消失的答案。

可是直到打足满满两背篓草，也没看到野鸡的身影。

回到家里，两个小姑娘将打草偶遇野鸡的事讲给太姥姥听。

“野鸡到底藏哪儿了呢?”两人提出心中的疑惑。

太姥姥一听，立即会意地笑了。但她不肯直接说出答案，而要两个小姑娘猜猜。

飞到天上了?钻入地洞了?化成青烟了?……

两个小姑娘胡乱猜一阵，全没有猜对。

“没上天，也没入地。”看孩子们猜得着急，太姥姥这才揭开谜底，“它就在某个土疙瘩底下藏着呢!”

原来，野鸡很聪明，它知道自己腿短，跑不快，因此便下决心不拿自己的短处比别人的长处。它们会在遇到危险时，就地取材，找到掩体，躲藏起来。它们尤其擅长以迅雷不及掩耳之势藏在土块之下——土块颜色与野鸡羽毛颜色相近，不仔细看，根本看不出它们藏在土疙瘩之下，就算仔细看，也很难察觉。

姥姥与姨姥姥茅塞顿开。

她们真后悔没有翻起脚下的土疙瘩一一查看，否则，野鸡也许就能被逮住了呢!

后来，姥姥与姨姥姥又多次去了那次打草的地方，她们梦想着能再次艳遇野鸡：等野鸡再藏到土疙瘩底下时，便要一一翻开土疙瘩去寻找野鸡。一旦逮住了野鸡，便要抱回家去，慢慢喂养，驯化成一只家鸡。

但是，从那以后，她们虽然又远远看见过野鸡，捉到野鸡的梦想却一直没有实现。

而今的野鸡岭还有野鸡吗？这些年山岭披绿装，野鸡几乎像原来一样多呢！

野鸡们在哪儿呢？只在此山中，草深不知处。

姥姥的屋檐下

在二十年前的旧时光里，有一座幽静的山谷；在幽静的山谷中，住着我年迈的姥姥和她的黑猫；在姥姥的屋檐下，打南方归来的精灵般的黑鸟正忙着啄春泥筑巢安家。

那时候，春天的太阳晒暖姥姥的院落，春天的微风轻拂黑鸟的翅膀。

姥姥坐在屋檐下，一边择着新挖的野菜，一边再次对我与黑猫训话："不许你们靠近燕窝，伤害黑鸟，记住了吗？"

我最爱看黑鸟在院落上空飞舞歌唱，自然不会伤害黑鸟。

但黑猫像以前一样，假装没听见姥姥的训话，趁姥姥不备，便偷偷靠近燕窝，缩头弓背伺机捕食黑鸟，吓得黑鸟惊叫不已。姥姥终于生气，挥动鸡毛掸子打跑了黑猫。

午饭时，黑猫没有回来。

傍晚时，黑猫没有回来。

天黑时，黑猫依然没有回来。

姥姥没有睡意，我也没有睡意。

我们点亮马灯，正要出去寻找黑猫时，忽然猫洞的布帘晃动。

黑猫怯怯地探进半个脑袋，瞥见姥姥在屋里，很快默默退了出去，像个做错了事的孩子似的，蹲在窗外阳台上，不敢进屋来。

姥姥柔声呼唤黑猫，赶紧出去抱它回来。

她给它喂食。她抚摸它的脑袋。她用皱巴巴的脸贴着它毛茸茸的脸，她的泪水落入它的毛发。

它终于承认自己错了，终于答应不再伤害黑鸟了。

它睁大圆圆的猫眼，发自内心地承诺："喵！"

从此以后，黑猫每次进出院落都刻意远离屋檐。它似乎终于懂得，在姥姥的屋檐下，居住的不是猎物，而是长着翅膀的家人。

从南方归来的家人

老屋里，冷季时只住着我和姥姥、黑猫三个人。暖季时，屋里会增加两个人——从南方过冬回来的一对燕子。

燕子一飞回来，老屋便充满了春天的气息。

山谷里的每一个春天，似乎都是燕子用翅膀驮回北方的。

燕子驮回了春天，冬眠的大地便苏醒了。山谷里春雨醒了，犁牛醒了，花草树木醒了，崭新的一年又开始了。

姥姥的耳朵醒了，眼睛醒了，手也醒了。

她一发现燕子从南方飞了回来，便爬上梯子，将老屋屋檐的木片固定好，方便燕子夫妻在上面筑巢安家。同时打开屋顶的天窗，让燕子能够畅通无阻飞回老屋。

两只燕子飞进姥姥的院落，一眼看见一块结实的木片已经固定在屋檐，夫妻二人又惊又喜，站在木片上叽叽喳喳，对着姥姥说了许多感谢的话。

它们嘀嘀咕咕商量了一会儿，决定今年还住在姥姥家。

接下来的日子，两只燕子飞进飞出，忙着筑巢安家。

它们从新灌溉的田野叼来湿漉漉的泥巴，一点一点垒砌起崭新的燕巢。新巢散发出泥土的芬芳，也散发出春天的气息，老屋瞬间返老还童，在整个暖季生机勃勃，呢喃低语。

新巢筑成，燕子夫妻双宿双飞，它们有时高高飞过姥姥的院落，有时又低低盘旋在屋檐。

它们常常一边飞舞，一边愉悦地向坐在院落择菜的姥姥告白："不吃你们糜子，不吃你们谷子，在你家抱窝儿子……"它们说到做到，真的从来不吃家里的粮食，这一点，与喜鹊、麻雀完全不同。

姥姥一边择着野菜，一边用微笑回答它们。她长满皱纹的脸，笑成了一朵盛开的菊花。

燕子喜欢我和姥姥，唯独不喜欢黑猫。每次看见黑猫，总是疯狂惊叫，破口大骂："去死，去死！"

到了夏天，燕巢里孵出一窝光身子、黄嘴巴的小燕子。燕子夫妻看见黑猫，更是如临大敌。黑猫在院落卧着，它们便在院落里骂。黑猫逃回老屋，它们便追回老屋继续骂。黑猫打燕巢下面经过时，它们甚至俯冲下来，嘴巴揪着黑猫的耳朵骂个没完。

黑猫当然知道燕子是在骂它，虽然燕子没有指名道姓骂，可是毕竟指着鼻子骂了，揪着耳朵骂了，贴着脊梁骂了。黑猫那么聪明，哪会不懂！

作为一只长得酷像老虎的猫，一只能抓老鼠、能捕鸟，甚至能捉蛇的威风凛凛的猫，它哪里受得了这种鸟气?！可是受得了得受，受不了也得受，谁让姥姥把燕子当作是家人，坚决予以保护呢！

有一年燕子归来，黑猫居心叵测、心怀不轨，被姥姥打了一鸡毛掸。

黑猫被打后，燕子夫妻仍紧追不舍，大骂不止。黑猫一路低着头，表情灰灰的，起先还慢慢走着，故作镇定，后来终于招架不住，一溜烟儿跑掉了。

从此长了记性，再也不敢对小燕子抱有幻想了。

燕子夫妻骂走了黑猫，回到燕巢，看见一窝黄嘴巴的小燕子个个安好，心终于踏实了。

它们忙着捉虫子喂养嗷嗷待哺的小燕子，一窝小燕子争先恐后伸长小脖子，张开小嘴巴，吞食父母捉来的纯天然新鲜虫子，一天天渐渐长大。

燕子夫妻喂食时，小燕子们激烈争抢虫子。

混乱中，屋檐有时会有虫子掉下来，门口便常有虫子蠕蠕爬动。有时会有鸟粪掉下来，一团一团，掉在姥姥打扫得干干净净的院落里。有时会有一两片燕子羽毛飘下来，慢悠悠落在姥姥的白发间……

姥姥从不曾嫌弃，我也从不曾嫌弃。

偶有邻人来访，看见姥姥家的虫子、鸟屎、羽毛，也从不开口笑话——邻人家也住着燕子呢！

燕自远方来，住在谁家，是谁家的福气，人们怎么会嫌弃呢！

秋深时，燕子一家飞往南方过冬，屋檐再无燕语呢喃，再无鸟粪落下，也再无轻羽飘落。

热闹的燕巢忽然空了，老屋忽然空了，姥姥的心也忽然空了。

还好有明年！

明年春天来临时，燕子又会从遥远南方飞回北方，飞回姥姥的老屋。

它们知道，老屋是姥姥的家，也是它们的家。

屋顶的秘密

夏日午后，趁姥姥不备，我独自攀着梯子爬上老屋屋顶，意外发现一个毛茸茸的秘密。

屋顶瓦片下面，两根椽子中间，有一个小小的洞穴。洞穴深处隐约可见几片鸟羽，伸手向里一探，立即有稚嫩的鸟鸣声传出来。

原来洞穴里藏着一个鸟窝，鸟窝里藏着羽翼未丰的小麻雀呢！

大麻雀不在，小麻雀全无抵抗的能力。我伸手摸到一只小麻雀，小心翼翼捉了出来。

小麻雀很紧张，求生欲十足，它微弱而急促地鸣叫着，连滚带爬，逃出我的手掌，从屋顶摔了下去。

听到屋顶的动静，姥姥闻讯赶来，一边絮絮叨叨告诉我爬梯子危险，一边从地面救起小麻雀，命我把它放回鸟窝。

我很不舍得放回小麻雀。可是忽然听到黑猫的叫声，且那叫声越来越近。

我飞快把小鸟放回窝里，连掉落的羽毛也一起放回去，然后在姥姥的帮助下爬下了梯子。

“喵喵——”说时迟，那时快，黑猫已经站在梯子下面，抬起猫脑袋询问我和姥姥在屋顶发现了什么。

我和姥姥虽然爱它，可是我们都不忍心出卖一窝小麻雀，便不约而同欺骗了它。

“没有……什么都没有……”我结结巴巴向黑猫解释，可是黑猫不相信。

它凭借猫的敏锐，还是察觉到了什么，兴奋地在我和姥姥脚下走来走去，“喵喵”叫个不停。它在央求我和姥姥告诉它真相，但我们都不理睬它。

姥姥很快搬走了梯子，捡走了飘落下来的一根羽毛，还用扫帚打扫了屋檐下的地面……

那个夏天，我常常仰望屋顶，很想知道小麻雀们的羽毛是否已经丰满，是否可以自由飞翔了。可是为了不让黑猫发现小麻雀的秘密，我再也没有爬上过屋顶。

屋顶有一窝小麻雀。这个秘密我和姥姥都知道，但我们始终都不曾告诉黑猫。

为什么要保守屋顶的秘密呢？

我保守秘密，是因为我喜欢麻雀吗？是的，我喜欢！

姥姥保守秘密，是因为她也喜欢麻雀吗？不，她不怎么喜欢，因为麻雀长大后，总是偷吃谷子，赶也赶不走！

但姥姥还是像我一样，保守了屋顶的秘密。

花喜鹊

喜鹊是野雀，然而在姥姥家，喜鹊也是家雀。

话说喜鹊常年穿一身黑白色衣服，我和姥姥便给它取名“花喜鹊”。

花喜鹊的巢穴就筑在姥姥家山坡下某棵高大的杨树上。

每逢夏天，浓密碧绿的树叶遮蔽了鹊巢，花喜鹊就住在绿荫深处。站在树下，只听喜鹊“嘎嘎”鸣叫，却不知它安家在哪棵树上。

冬天来临，树叶落尽，只剩下光秃秃的树枝，花喜鹊的巢穴彻底裸露在外面。

那是一个全木结构的小房子，朴素却温暖，可供花喜鹊夜夜栖息，“高枕”无忧。

花喜鹊虽然住在高处，却爱在低处生活。

它常常落在屋前斜坡的梨树上，“嘎嘎”叫着，不知是在跟姥姥说话，还是在给姥姥唱歌。它从不躲避家人，只在看见猫咪贼眉鼠眼、偷偷靠近时，才一边惊叫一边飞往高处。

花喜鹊爱吃虫子。姥姥浇灌菜园子的时候，花喜鹊落在浇灌过的湿漉漉的菜地里，像鸡一样，优哉游哉，迈着双腿慢慢走动，瞪大了眼睛寻找虫子吃。它不畏惧姥姥，也不讨好姥姥，和家里的其它动物一样理直气壮。

花喜鹊喜欢吃梨。秋天，老屋前的山坡上，一棵棵梨树全部挂满了又大又圆的梨子，梨子压弯树枝，有些树枝一直垂到地面。

“不知梨子熟了没？”一天，姥姥坐在院落，望着坡上的梨树说。

“还不熟，还不甜！”我回答姥姥。

那时花喜鹊正好从远处飞回山坡，落在梨树上叫了几声，没了声音。过了一会儿，只见它从一棵梨树跳到另一棵梨树，嘎嘎叫几声，又没了声音……

“喜鹊吃梨呢，梨子熟了！”姥姥说。

我一听，便要爬坡去摘梨。

“专拣喜鹊吃过的摘！”姥姥特意叮嘱。

我爬上山坡，爬到花喜鹊落脚的梨树下一看，果然有几颗硕大的梨子被喜鹊啄食过——雪白的梨肉裸露在外面，梨肉水汪汪的，散发着甜丝丝的气息。

我把花喜鹊啄食过的几颗梨子全部摘下，跑下山坡交给姥姥。

姥姥把花喜鹊啄食过的梨子削了皮，递给我。

“吃吧，这是坡上最甜的梨子！”

我接过梨子试探性地咬了一口……哦……味蕾完全被梨子的脆爽香甜醉倒了！

姥姥眯缝着眼睛，看我特别享受喜鹊吃剩的梨子，她自己也忍不住，津津有味地吃了喜鹊吃剩的另一颗梨子。

梨子的美味瞬间催开了姥姥的笑容，密密麻麻的皱纹挤在一起，挤出一脸的心满意足。

原来，花喜鹊还是个深藏不露的美食家，在挑选梨子方面，它的眼光太敏锐了！

从此，我和姥姥吃梨，便懒得自己去挑选了。

我爬上山坡，专拣喜鹊吃剩的梨子摘。摘上几颗，一篮子提回院落，与姥姥一起慢慢享用。

花喜鹊啄食过的梨子真的是最好的梨子呢，不仅我和姥姥喜欢吃，蜜蜂也喜欢吃。

每次我去摘花喜鹊啄食过的梨子，发现早有蜜蜂钻在里面贪婪吮吸梨汁，赶都赶不走。

等到蜜蜂终于飞走，我把花喜鹊和蜜蜂吃剩的那颗梨子摘回去，再与姥姥一起吃。

与花喜鹊、蜜蜂、姥姥共同吃的那颗梨子，是全世界最甜的一颗梨子。

呲怪子不怪

在遥远美丽的姥姥山谷，猫是我们的家人，鹰是碧空的风景，猫头鹰呢？猫头鹰曾是暗夜的传说，是山谷人眼里不祥的“呲怪子”。

漆黑的夜里，山谷里万籁俱寂。鸡已经上架，狗已经进窝，人已经入眠。

忽然，一声诡异的鸣叫穿过纸糊的窗户，穿过悠长的梦境，直抵耳膜：鬼鬼吊……

人们从梦中惊醒，屏息凝听，窗外只有夜漆黑的宁静。人们以为听错了，正要放心睡去，窗外再次传来那诡异的声音：鬼鬼吊……鬼鬼吊……

是呲怪子！

呲怪子的声音好像就在屋前山坡的梨树上，响亮逼真，却奇怪难懂，无法破译。于是山谷人便将那怪叫声当作一个咒语。

在山谷人眼里，夜深人静时听到咒语便是突然受到了诅咒，意味着近日要倒霉运。

于是熟睡的人睡意顿时烟消云散，浓浓的睡意被浓浓的担忧与恐惧取代，那一晚不免辗转难眠了。

既然半夜听到呲怪子的叫声是受到诅咒，那么，赶走呲怪子就算是解除了诅咒吧？

于是，便有人深夜起床去赶呲怪子。一般情况下，呲怪子一赶便飞走了。二般情况下，赶走了还会再飞回来，重新落在夜的褶皱里，凄厉鸣叫不止。

听说呲怪子没赶走，便是霉运没送走，注定要倒霉了。山谷人对此深信不疑。有人说，呲怪子一叫，第二天猫不见了；有人说，呲怪子一叫，几天后羊生病了；有人说，呲怪子一叫，不久黄鼠狼把鸡吃了（却不怪黄鼠狼，只怪呲怪子）……

于是山谷人们有各种各样的理由恨呲怪子，碰到便要打死它。打不死便恨不能打死它。但姥姥从来不打它，也不恨它。

一个漆黑的夜晚，有呲怪子在姥姥的窗外鸣叫，“鬼鬼吊……鬼鬼吊……”许久不去。我跟姥姥在睡梦中被吵醒，那是我第一次听到呲怪子的叫声。

“姥姥，你听！”

“是呲怪子在叫。”

“什么是呲怪子？”

“长着猫头的鸟儿。”

“它为什么大叫？”

“可能是饿了……”

听姥姥说得平静，我也便不感到害怕，倒是有些可怜呲怪子，可怜它饿到半夜起来鸣叫。心想等到天明，等姥姥做好了早饭，我要把饭分一点儿给它。

可是早晨醒来，天光大亮，坡前梨树上早已没有了呲怪子的身影。它消失得干干净净，没有留下一片羽毛，一丝气味，好像它压根儿不曾在夜晚出现过，不曾凄厉鸣叫过。

呲怪子半夜鸣叫，姥姥家倒霉运了吗？没有，第二天没有，第三天没有，后来也没有。

“姥姥，我们养一只呲怪子吧！”

我请求姥姥。姥姥眯缝着眼睛说，只要你能捉到呲怪子，姥姥便养着它。

但是无论多么想要一只呲怪子，我也始终没有捉到一只。虽然后来不时还会在深夜听到它的鸣叫，却始终“只闻其声，不见其形”，从不曾见过呲怪子的庐山真面目。

呲怪子只在夜里出没，从不敢在白天现身，莫非它是真的长得丑，长得怪？

第一次看见呲怪子，是在集市上一个挑着野味儿的担子里，那是一只被打死了的呲怪子，眼睛紧紧闭着，嘴巴紧紧闭着，表情灰灰的。

上学以后，我终于在飘着墨香的崭新课本上看见了呲怪子的庐山真面目——一只长着猫脸的黑鸟，眼睛大大的，圆圆的，黑色瞳孔，金色“眼白”，表情天真而可爱。

关于猫头鹰半夜鸣叫的现象，课本里说，鸣叫可能只是在呼朋唤友，或看到了猎物，或嗅到了独特的味道，与霉运无关……

原来它半夜鸣叫，是因为那么单纯的理由！原来它像别的鸟一样，纯洁而无辜！

原来呲怪子不怪！

真心希望更多人了解呲怪子鸣叫的真相，不要去恨一只无辜的鸟儿。

对了，呲怪子这个名字不好听，还是叫它猫头鹰吧！还有，它的叫声，似乎也不像“鬼鬼吊”，也许更像“咕咕叫”吧！

第五章

狂野的家人

KUANGYEDEJIAREN

走失的黑马

山那边的人们真的抛弃山谷投身城市了吗？

黑马的主人也跟别人一样，进城谋生了吗？

那匹黑马去哪儿了？

面对我的疑问，山谷无心回答，始终深深沉默着。

二十年前，在姥姥的山谷那边，是另一个山谷，在那个山谷里，隐藏着一个神奇的村庄，在那个神奇的村庄里，有一匹英俊威武的黑马。

作为一枚小小的山谷女孩，我原本不知道山那边的村庄。

但是有一天，当我独自爬上山谷顶峰，穿过一大片苍老野树时，另一个村庄赫然出现在眼前。

骄阳之下，有黑马引颈长鸣，声音响彻山谷，令人迷恋沉醉。

“姥爷，我想要一匹黑马！”我求姥爷。

“刚好，姥爷也想要一匹黑马！”姥爷一口答应。

于是，从此姥爷便每年带着我，背着粮食，牵着毛驴，翻过山谷到达山那边的村庄，寻找黑马为毛驴配种了。

姥爷把粮食送给黑马的主人。主人把粮食喂给黑马。黑马优雅地用餐完毕，走近毛驴，仰头咆哮一声，腾空一跃而起，完美地完成造马运动。

“回去等吧，丫头。不久毛驴就可以生下黑马了！”

“如果我的马长得像毛驴，不像黑马呢？”

“哈哈，那就欢迎你再过山谷来看马，看真正的黑马！”

时间倏然流逝。

姥爷的毛驴到底没有生出高大的黑马。

我也始终没有得到真正的黑马，反倒渐渐失去了童年，失去了姥爷，失去了山谷那边的黑马。

秋深之时，面对一个已经搬空的山谷，谁能告诉我，我该到哪里去寻找那匹走失的黑马？

狂野的毛驴

在姥姥家所有的动物中，我与黑猫感情最亲近，与毛驴感情最疏远。

姥姥家的毛驴既非驴中美男子，也非驴中翩翩君子，而是不折不扣的狂野之驴。

狂野之驴不仅长得丑，还最爱欺负儿童。一有机会，便处心积虑捉弄我。

姥姥姥爷牵着它，它总是低眉顺眼跟在身后，很是乖巧；偶尔我帮姥姥姥爷牵驴，它便给我脸色看，朝我瞪眼睛，对我刨蹄子。

独自牵着毛驴小心翼翼向前走，忽然感觉驴的脚步加快了，呼吸急促了，整个驴头热烘烘地逼近了，猛一回头——只见驴大张着嘴巴，眼看就要咬人呢！

“野驴！”我大骂一声，吓得撒开缰绳，落荒而逃。“野驴”便趁机冲进庄稼地，大快朵颐去了。

从此，这狂野之驴便有了它的名字：野驴！

野驴典型的驴脾气。它拉车、犁地、拉磨、驮东西都很卖力，却唯独不喜欢被人骑，尤其不喜欢被儿童骑。

我嚷嚷着要骑驴，姥爷好不容易把我抱到驴背上，我还没来得及坐稳，野驴早已恼羞成怒暴跳如雷。它猛烈刨蹄子，扯开嗓子号叫，剧烈晃动身体，恨不得把骑驴人摔成八瓣，再痛骂一顿，踢上几脚，以此挽回驴的尊严。

野驴狂是狂了些，野是野了些，倒也有狂野撒泼的资本。

家里所有的动物——猫、鸡、羊、兔子都不干活儿，只有野驴干活儿。它不但干活儿，而且干的都是重体力活儿。春天送粪土，夏天运麦子，秋天拉秸秆，冬天转石碾。

同样是家里的动物，凭什么别人都养尊处优，只自己一人辛勤劳作？野驴心理不平衡，偶尔发发脾气，耍耍性子，倒也在情理之中。

糟糕的是野驴一发脾气，一耍性子，便将驴规驴矩、驴的传统美德忘得一干二净。

野驴正载着满满一车庄稼走在路上，忽然看见路旁青草肥美，大黄牛正慢悠悠享受着青草，便心生嫉妒，瞬间将拉车的事抛到九霄云外，冒冒失失冲出路面，东一口西一口吃起青草来。

此时如果道路不平坦，很容易翻车，驴也极容易受伤。姥爷自然要教训野驴，让它长个记性。

但姥爷很少用鞭子抽打，只用宽大的手掌象征性地拍打拍打驴背。说怪也怪，往往只经此轻轻一拍，野驴便很快放弃青草，迷途知返。

赶庙会的路上，思想品德好的毛驴，蹄儿嘚嘚，铃儿叮当，一路小跑着赶路，载着心情迫切的主人奔向那期待已久的庙会。

懒散的野驴却不同，上路才一会儿便开始偷懒。先是渐渐放慢脚步，东张西望。后来干脆吊儿郎当，不紧不慢散起步来。

野驴深谙主人脾气，知道即使自己做得不合驴的本分，主人也不会搬出驴规驴矩来约束它，便往往放肆。它有时忽然随地排泄，有时趁机偷吃几口青草，有时明目张胆准备跟一见钟情的母驴私奔，心思完全不在赶路上。

性急的主人定会鞭打毛驴，让它奔跑着追上前面的快驴，几家相跟着热热闹闹一起赶往会场。但姥姥姥爷宠坏了野驴，明知野驴没有一心一意赶路，两位老人也不打不骂，只偶尔抖抖缰绳，喊一声“驾！”便罢。

入冬后，田野空了。农人难得清闲了，毛驴也难得清闲了。

姥爷解开野驴的缰绳，卸下它的笼头，放它到山谷里撒欢儿。

野驴卸掉了一身束缚，仍然不敢相信自由是真的，傻愣愣杵在圈里，直到姥爷推了它一把，喊一声“撒欢儿去吧！”野驴这才如梦方醒。

它试着小跑了几步，发现确实没有缰绳勒着，激动地跳了几跳，这才撒开四蹄，咴儿咴儿大叫几声，狂奔而去。

田野里，所有的庄稼都收了，只剩掉落的玉米叶，枯萎的萝卜秧，冻了的白菜帮，遗漏的土豆蛋。

野驴在山谷狂奔一圈，便跑去田野野餐。田野早有别的驴在大快朵颐，接着更多驴狂奔而来。驴们都被主人暂时解放，一个个带着摆脱束缚的狂野，放肆地撒着欢儿、尥着蹶子加入野餐派对。

驴们吃饱了，一身的力量、满腔的喜悦无处宣泄，便成群结队开启山谷一日游模式。

它们仰天号叫，撒开四蹄狂奔而去，一会儿跑到山这边，一会儿跑到山对面，一会儿俯冲到山底，一会儿狂飙到山顶，再过一会儿，全跑到某户人家，偷吃人家的玉米秸秆或高粱秸秆。

主人发现了，一般也不生气，只把它们赶跑便罢。

驴们疯够了，撒野够了，天黑时，群驴告别，各回各家。

野驴却没有回家。

姥爷左等右等，等不回野驴，只好三十六计哄为上计。

他舀了一碗玉米粒，倒进铁筛子，站在院外用力筛筛子。

玉米粒与铁筛子摩擦，发出响亮的沙沙声。

姥爷一边摇动筛子，一边冲着远处呼唤野驴：“嘟——嘟嘟嘟，嘟——嘟嘟嘟……”喊了几声，暮色渐浓的远处传来“咴儿咴儿”的回应声，那回应声越来越近，转眼便到了眼前。

野驴在玉米粒的诱惑下回到驴圈，心甘情愿地被主人重新套上缰绳，愉悦幸福地享受着主人奉上的美食。

如果没有玉米粒的诱惑，野驴会回来吗？

传说很久很久以前，毛驴们都是野生动物，后来被人类驯服，才成为人类家庭的一员。

而今，它们会不会野性复发，在暮色的掩护下狂奔而去，终于抛弃主人，回归原野呢？

野了几天的驴越来越野了，一旦品尝了自由的滋味，便不愿再乖乖待在驴圈了。

随后的日子，它身在驴圈心在田野，总想方设法挣脱缰绳，一次次狂奔而去。

一天，姥爷有意让它自在一会儿，便没有立即去找。天黑时，左等右等，还不见它回来。姥爷用铁筛子装了玉米，一边卖力筛筛子，一边喊它回家，还是迟迟不见它回来。

难道它真的为了自由，抛弃家人，一去不返了吗？

姥爷打着马灯出去寻找，到半夜才找回了它。

原来它偷吃别人家的高粱穗，人家赶了几次赶不走，便设法把它圈进了一个空驴圈，静待主人来寻。

姥爷寻过去时，野驴在灯光中看见姥爷，隔着驴圈的围栏冲着姥爷咴儿咴儿叫，迫不及待地诉说着它的不幸遭遇，臊眉耷眼地承认着自己的低级错误，低声下气地请求姥爷救它一命。

姥爷打开圈门解救了它。他没有责备它，甚至没有给它套上缰绳。他在微光中伸手摸摸它灰灰的脑袋，长长的脸。它低下头，像个犯错的孩子似的，默默跟在姥爷身后。两人相依相偎，一起穿过漫长夜晚的黑，终于回到了家。

天大地大，一头驴又能狂奔到哪里呢？

狂奔到哪里，又能比得上狂奔回家里呢？

陪嫁的大黄狗

在我幼小时，姥姥曾养过一条大黄狗。

大黄狗几乎有一头小牛犊那么高大、壮实。它脖子上没有拴狗绳，脚上没有系铁链，奔跑时快似旋风，看门时威若门神，看起来狂放不羁，恍如野狗。

但以貌取狗显然不公平，大黄狗其实是一条外刚内柔、至情至性的暖男狗。

大黄狗跟姥姥姥爷的感情深，跟姨妈的感情更深。姨妈出嫁时，它便成了姨妈的陪嫁。

以一条狗为陪嫁是谁的主意？谁的主意都不是，因为谁都想不出那样的主意，除了大黄狗自己。

平日里，姨妈去哪儿都带着大黄狗。姨妈赶集时，大黄狗跟着一起去赶集；姨妈打草时，大黄狗跟着一起去打草；姨妈挑水时，大黄狗跟着一起去挑水……大黄狗几乎成了姨妈的尾巴，走到哪儿跟到哪儿。

姨妈出嫁，挥泪告别姥姥，去了毛乌素沙漠深处。大黄狗也跟着姨妈，去了毛乌素沙漠。任何人赶它，它都不走。打它，它也不走。最终，大黄狗跟着姨妈一起定居在沙漠。

姥姥虽然不舍得大黄狗，但她理解、尊重大黄狗的选择。她知道大黄狗依恋姨妈，姨妈在哪儿，哪儿就是家。

姥姥没有责怪大黄狗离家而去，倒是被大黄狗的忠诚所感动，为大黄狗背井离乡追随姨妈而欣慰——姨妈居住在毛乌素沙漠深处，那里地广人稀，姨妈有大黄狗的陪伴，便多了份家的安全感，多了份家的温暖。

母亲无法给离别的女儿的陪伴，一条狗却替她做到了，何其难得！

姨妈成为他人妇之后，失去了不少自由，难得回姥姥的山谷。

大黄狗却仍然是一条自由自在的狗，它时不时会回到姥姥的山谷。有时跟着姨妈回来，有时它自己单独回来。

大黄狗第一次穿越沙漠单独回来，我跟姥姥姥爷都不敢相信。我们以为是姨妈带它回来的，谁知看来看去只有它自己。

它欢快地摇着尾巴，不停蹭姥姥的腿，跳起来拥抱姥姥，还伸出舌头舔姥姥的手。姥姥也拥抱它，并像抚摸我和黑猫那样抚摸它。它激动地呜呜叫着，差点儿没掉下泪来。

大黄狗回到姥姥家，仍然像从前一样听话。

大黄狗睡在阳台下晒太阳，姥爷举着扫帚准备扫院子，便对睡觉的大黄狗说，大黄出去吧。大黄狗便立即从梦里站起来走出院落。姥姥做好了饭，远远冲大黄狗喊，大黄回来吃饭！大黄狗便一路小跑着回家吃饭。

大黄狗回家的当天，很快像从前一样，承担起了自己的使命。

姥姥屋前坡上种了一大片黑豆。盛夏时，豆苗长得旺盛，常有野兔穿越沙漠，潜伏进绿色深处偷食豆苗、豆荚。姥姥姥爷眼神不太好，常常对不远处偷食的野兔视而不见。久而久之，野兔越来越放肆，到后来，根本不把姥姥姥爷放在眼里，敢在他们的眼皮底下大吃特吃。

大黄狗一回来，情形立即不同。

有一天，大黄狗朝黑豆地张望了几眼，很快兴奋起来，转身征求姥爷的意见。姥爷会意，拍了拍大黄狗，喊了声："兽!"大黄狗领了主人旨意，立即像离弦的箭一般冲了出去。

它追上山坡，一直追出很远。

一会儿空手回来，表情灰灰的。

姥姥看它跑得一身汗，给它喂水喂食，它吃饱喝足，很快又恢复欢快幸福的模样。

我跟姥姥去赶集，大黄狗也跟着我们。

归途中，姥姥有事要耽搁一会儿，便让大黄狗陪我回家。我尚幼小，第一次单独回家，心里惴惴不安。姥姥说，别害怕，有大黄陪着，比姥姥陪着还安全呢！

果然，一路上有大黄狗高大的身影陪伴，我狐假“狗”威，越走越勇敢。

大黄狗很清楚姥姥交给它的使命。六七里路，我走着走着走慢了，大黄狗一不小心走快了几步，便停下来等我，卧下来等我，或者再返回来陪我一起走。一路上，只要路人胆敢靠近我们，它便汪汪叫着警告，直到别人远去才罢休。

在大黄狗的陪伴护送下，我安全回到家里，从此像姨妈一样爱上了大黄狗，每天与狗形影不离。

不料过了几天，大黄狗忽然不见了。

我和姥姥姥爷都有些为它担心。

过了一日，姨妈托人传话说，大黄狗已经回到沙漠的家中，我和姥姥姥爷的心这才放了下来。

没想到，一条狗居然有那么好的记忆力。它清楚地记得姥姥家的路，也清楚地记得姨妈家的路。

它想我和姥姥姥爷了，便会独自穿越沙漠回到山谷看望我们。在姥姥的山谷小住几日，开始思念姨妈，便又匆匆离开山谷，赶回沙漠去陪伴姨妈。

山谷里的家是家，沙漠里的家也是家。

两个家，大黄狗哪一个也割舍不下，常常来回奔波，为家消得狗憔悴，“衣带渐宽终不悔”。

姨妈生了孩子后，大黄狗回姥姥山谷的次数渐渐少了。

听说大黄狗已经华丽转身，变成了一个颇受婴孩喜欢的狗保姆！

姨妈的婴孩喜欢乘坐大黄狗，姨妈征得大黄狗的同意，在狗背上绑一个篮子，每天把婴孩放进篮子里，任由大黄狗驮着慢慢走。哭闹的婴孩一回到狗背上，便停止哭闹，眉开眼笑。

由一只自由自在的狗变成一个带孩子的狗保姆，大黄狗是什么心情呢？

它并没有觉得伤自尊，倒是受宠若惊，为自己能为姨妈分忧而骄傲。

只要背上驮着孩子，它就不再疯狂奔跑。它像温柔的母亲一样，放轻了脚步，在院子里慢慢走，慢慢走，仿佛背上驮的是它自己的孩子。

走一会儿，姨妈心疼大黄狗，取下婴孩自己抱着，放大黄狗去撒欢儿。

有一段时间，大黄狗也许是厌倦了背婴孩。它一个人跑回姥姥家，卧在狗窝里美美地睡了几天，依然没有要回去的意思。

姨妈托人捎话，询问大黄狗有没有回到山谷。得知大黄狗已回到山谷家中，她又捎话回来说，不要赶大黄狗回沙漠。

近日有疯狗咬了人，致人受伤染病。沙漠里去了打狗队，要打死所有的狗。请姥姥姥爷设法留住大黄狗，等打狗队走了再放狗回去。

姥姥姥爷知道大黄狗不是疯狗，也从不咬人，一心想要保护大黄狗。

家里没有铁链。两位老人用草绳拴了狗，日日好食喂狗，希望留大黄狗多住一些日子。

谁知一天早晨起来，还是不见了大黄狗的踪影。

姥姥姥爷说，大黄狗心里牵挂姨妈，又返回沙漠中的家了。

大黄狗这次回去后，好久好久没有再回来。

姥姥姥爷想捎话问问大黄狗的情况，或者亲自去姨妈家看打狗队走了没有，大黄狗安全了没有。但两个老人迟迟没敢去问，他们很想知道大黄狗的下落，却又似乎害怕知道它的下落。

我和姥姥姥爷耐心等着姨妈捎话回来，捎回关于大黄狗安好的消息。

但那个消息，一直没有等来。

大野狗毛毛

姥姥终于带我去探望姨姥姥。姨姥姥头发雪白，早已痴呆，不认识姥姥，更不认识我了。

“毛毛回来，姥爷没去后山!”姨姥姥不理我和姥姥，只顾冲着后山的方向喊。

我跟姥姥顺着姨姥姥的目光一看，才知姨姥姥喊的“毛毛”原来是一条白色的大狗。

“毛毛回来，跟姥姥来!”姨姥姥再次大声呼唤毛毛。

谁知毛毛停下奔跑的脚步，转回头稍稍犹豫了一下，又回过头，朝着后山的方向追过去了。它认定姨姥爷是往后山的方向去了，所以执着地要去寻找姨姥爷。

姨姥爷到底有没有去后山呢?自然是去了，姨姥姥谎称姨姥爷没去后山，那是心疼毛毛，不愿让它跟着跑一趟后山。

可毛毛那么聪明，谁又能骗得了它呢?

“野狗，大野狗！”姨姥姥唤不回狗，不禁絮絮叨叨骂起狗来。

骂完狗，回头看见我和姥姥，仿佛第一次看见我们，显然有些吃惊。

“你是谁？”姨姥姥问姥姥。

“姐姐，我是妹妹呀！”姥姥回答。

“你是谁？”姨姥姥问我。

“姨姥姥，我是丫丫呀！”我回答。

姨姥姥似懂非懂、似信非信地点点头，对我和姥姥渐渐友好起来。

“你们快喊毛毛回来！”姨姥姥热切地看着我和姥姥，瞬间把找回大野狗的希望寄托在一个老太太和一个小姑娘的身上。

我和姥姥自然唤不回狗，一条大野狗朝着后山狂奔而去，谁又能追得回呢！

幸运的是，不一会儿，姨姥爷从后山回来了，毛毛跟着姨姥爷一起回来了。

姨姥姥一看毛毛回来，又是抚摸毛毛，又是责怪姨姥爷。

“我的毛毛，你为什么带走？”姨姥姥质问姨姥爷。

“是毛毛要跟着我走！”姨姥爷解释。

“我的毛毛，你为什么带走？”姨姥姥死揪着姨姥爷的衣襟不放。

“是毛毛要跟着我走!”姨姥爷无奈道。

他慢慢掰开姨姥姥紧抓着他衣襟的手，招呼我和姥姥进屋。姨姥姥紧随其后走进屋里。

“你是谁?”姨姥姥又问姥姥。

“姐姐，我是妹妹呀!”姥姥回答。

“你是谁?”姨姥姥又问我。

“姨姥姥，我是丫丫呀!”我回答。

姨姥姥再次似懂非懂、似信非信地点点头，对我和姥姥渐渐友好起来。

“你们快抢毛毛回来!”姨姥姥认定随时会有人抢走她的狗，所以请求我们帮她抢狗回来。

原来大白狗毛毛曾经真是一条大野狗，是姨姥姥收留了它。

天长日久，它渐渐依恋姥姥如同女儿依恋母亲，帮着姨姥姥看门护院，陪伴姨姥姥赶集串门，跟着姨姥姥去野田干活，依偎着姨姥姥在院落吹风晒太阳。

斗转星移，姨姥姥依恋它如同母亲依恋女儿。姨姥姥的小女儿毛毛远嫁后难得回家看看，姨姥姥想念女儿而不得见，便给大野狗取了女儿的名字——毛毛!

姨姥姥每天冲着大野狗“毛毛”“毛毛”地喊着叫着，仿佛远在天涯的女儿就在身边。

她痴呆后，忘记了邻里，忘记了兄妹，甚至忘记了亲生的女儿毛毛，却唯独没有忘记大野狗毛毛。

但毛毛毕竟是野狗。

毛毛什么都好，只有一样不好，那就是每隔一段时间便要消失几天。

没有人知道它消失后去了哪里，又为什么消失。只知道它还会回来，回来后总是两眼无神，一身憔悴。过一段时间又习惯性消失几天，然后再失魂落魄黯然归来。

某个黄昏，有个后山人路过姨姥姥家门口，一眼看见大白狗，不禁惊讶：“咦？这狗怎么会在这儿?!”

姨姥姥姨姥爷看那情形，便猜到过路人可能知道大野狗的底细，详细一问，才知道大野狗习惯性消失的真实原因。

原来大野狗曾经并不是野狗。它像所有的狗一样，也有一个安定的家，也对主人忠心不二。可是后来主人一家进城了，便把大野狗放野了。大野狗狂追主人，一路从后山追到姨姥姥的山谷，追到姨姥姥家门前时，终于累倒在地上，眼睁睁望着主人一家绝尘而去。

可怜的大白狗从此沦为大野狗。

主人一家走后，大野狗独自一人回到后山的家里，耐心等候主人归来，无奈痴心一片望眼欲穿，却始终不曾等回一去不返的主人。

它心里焦急牵挂，便又顺着主人离开的山路一路追踪到姨姥姥的山谷，卧在姨姥姥家门外不远的山路上，两眼望着主人离开的方向慢慢等待。

等呀等呀等渴了，便跑到姨姥姥家偷水喝；盼呀盼呀盼饿了，便跑到姨姥姥家蹭饭吃。

幸运的是，几乎每次偷水便有水，每次蹭饭便有饭。

一次大野狗在大太阳底下等了太久。等着等着睡着了，睡着睡着闻到食物的味道了。睁眼一看，姨姥姥端着食物出现在它面前。

它又渴又饿，狼吞虎咽吃完姨姥姥送的饭，嘴巴湿漉漉的，眼睛也湿漉漉的，从此把姨姥姥的家当成了自己的新家。

有了新家的大野狗，从此心里装了两个家。

它越来越依恋姨姥姥，正如姨姥姥越来越依恋它。它越来越不舍得丢下姨姥姥，但每隔一段时间，还是会情不自禁回到后山的家去看看。

回到后山，屋子还是那屋子，家却不是那个家了。回到家里，不过是一个人独守空房，睹物思人，黯然神伤罢了。

等到饥肠辘辘、心灰意冷时，越来越思念新家的温暖，越来越渴望姨姥姥的怀抱，终于一路狂奔回到姨姥姥的身边。

大野狗每次消失，在它是暂离，在姨姥姥这里却是久别。

大野狗每次回来，在它是快乐，在姨姥姥这里更是幸福。

“毛毛回来，毛毛回来！”大野狗听到姨姥姥召唤，立即亲亲热热跑进屋来。

“毛毛出去，毛毛出去！”大野狗听到姨姥姥的驱逐令，立即会意地跑了出去。

“毛毛回来，毛毛回来！”姨姥姥才放大野狗出去一会儿，转眼间又想它回来了。

大野狗开心地摇着尾巴进屋来，愉悦地在姨姥姥脚边卧下。

姨姥姥轻轻地抚摸着大野狗的头，大野狗慢慢享受着姨姥姥的爱抚，静静地睡着了。

它暂时不会离开了。

姨姥姥满足地笑了。眼神恍惚迷离，眼里莹莹有光。

长眠花田的白狐

亲眼在苜蓿花田看见白狐之前，对年幼的我来说，狐狸只是一个遥远的传说。

姥姥的山谷有没有狐狸？山谷东边的人说有，曾在月夜下看见过狐狸抓鸡；山谷西边的人也说有，曾在沙漠里套住过狐狸；山谷北边的人说没有，消失的鸡其实是被黄鼠狼捉去了。

对于山谷人关于狐狸的说法，姥姥不置可否。我很想知道山谷里到底有没有狐狸，便一遍遍追问姥姥。姥姥只好说，可能有，也可能没有吧。

听完姥姥的回答，我很失望。我想山谷应该真的没有狐狸，从此便很少去想关于狐狸的事情了。

那天早晨在苜蓿花田意外发现白狐时，我并不知道那就是白狐。喊了姥姥来看，才知道倒在眼前的陌生动物就是白狐。

白狐长着美丽的瓜子脸，身材娇小纤瘦，皮毛厚实洁白，尾巴蓬松如羽，一看就是个天然的美人坯子。难怪人们骂美丽妖娆的女子为“狐狸精”，原来既是在骂，也是在赞赏，甚至是在嫉妒呢！

长大后，我也要成为一个“狐狸精”，我心里暗想。不要长成女子的模样，就长得跟白狐一模一样吧。就算要长一条毛茸茸的大尾巴，也在所不辞——那尾巴多迷人！

可惜，美丽的白狐静静躺在苜蓿花田，它已经死了。

什么时候死的呢？姥姥摸了摸狐狸尚且柔软的身体说，应该是死在黎明时分。

为什么死了呢？姥姥面色凝重，语气低沉，应该是昨晚出来寻找食物，误吃下了毒的食物，被毒死了。

白狐为什么会出现在姥姥的苜蓿花田呢？

可以猜测，它中毒之后没有立即死掉。它可能知道自己中了毒，意识到大事不妙，想赶快离开是非之地，回到沙漠中的家，于是便忍着腹痛穿越田野。

谁知走到姥姥的苜蓿花田时，毒药药性发作，体力难以支撑。它拼尽全力，又挣扎着踉踉跄跄走了几步，终于“扑通”一声倒在地上，缓缓闭上了眼。

一只白狐死在姥姥花田的消息很快传开。一些邻人特意来苜蓿花田看白狐，人们纷纷说，白狐是被一户人家毒死的，因为那户人家还毒死过野兔、麻雀、喜鹊……

真毒，真毒！邻人们纷纷感叹说。

保护庄稼，扎几个稻草人吓唬吓唬就可以了。何必下药毒死那些活生生的动物！最毒的是药，又何尝不是人心？

有人说，下毒的邻居可能会向姥姥讨要死掉的白狐，因为毒邻居听说狐狸皮很贵，能卖好多钱。

有人说，白狐死在姥姥的苜蓿花田，就是姥姥的狐狸了。若要卖狐皮，也该由姥姥去卖。

姥姥并不表态。等邻人们相继离开，姥姥叮嘱我去院落里取来铁锹。

姥姥拿着铁锹，在苜蓿花田挖了一个坑，把白狐埋掉了。

虽然姥姥没说什么，但我知道，姥姥不忍心剥了白狐的皮去卖钱，也不忍心让毒邻居剥了白狐的皮去卖钱。

填平了坑，姥姥又挖了几棵正开花的苜蓿，种在白狐葬身的地方。一眼看去，苜蓿地里只有苜蓿花尽情绽放，此外别无其它痕迹。

白狐下落如何，埋在哪里，在外人的眼里，绝对是一个秘密。这个秘密只有姥姥，我，还有白狐知道。

多少年以后，我才从母亲那里得知了另一个秘密：姥姥一直就知道山谷有狐狸，家里有几只鸡失踪确是被狐狸捉走了。

姥姥当年不愿告诉我狐狸的故事，是不要我小小年纪就去恨那种美丽的动物，也是为了保护狐狸不受山谷人伤害（不是特别饥饿，狐狸不会侵犯人类）。

而今姥姥已经不在了，但姥姥的苜蓿花田还在，紫色的苜蓿花还在大片大片盛开。

白狐葬身的地方，苜蓿草长得尤其茂盛，苜蓿花开得尤其美丽。

那是白狐的美丽开出来的花，也是姥姥的博爱开出来的花。

那花不仅开在姥姥的山谷，也开在一个山谷姑娘的心里。并且，常开不败。

逃跑的兔子

姥姥家原本没有兔子，自姨妈送回来两只兔子后，从此便有了兔子。

姨妈送回来的兔子是两只皮毛雪白、眼睛像红宝石一样美丽的兔子。姨妈在集市上看到它们，心生欢喜，便买了回来。

她特意买了一雌一雄两只兔子，期待兔子夫妻恩爱，早生贵子，最好生出一院子红眼睛白皮毛的兔子，满院子蹦蹦跳跳，追逐打闹，以陪伴孤寂的姥姥。

然而事与愿违。

兔子来到姥姥家，整天缩在柳编的篓子里，不说不笑，不玩不闹，只懂得蠕动着三瓣嘴大吃特吃——吃白菜，吃莴苣，吃萝卜，吃苜蓿，吃青草……

过了几个月，小兔子一个没生出来，倒是把自己吃成了十足的大胖子，胖到今生今世再也不可能欢蹦乱跳的程度。

我和姥姥伸手抚摸它们，它们也不躲开。也许不是不想躲开，只是没法躲开——两个胖子紧紧挤在一起，占据了篓子所有的空间，无法移动半步，怎么躲开呢？

世上有“兔急咬人”一词，但这两只兔子是个例外。

它们从来不急，也从来不咬人——对它们来说，人世间还有什么比吃更急的事情呢？如果一时冲动去咬人，岂不是要白白浪费吃的时间吗？

所以当我和姥姥抚摸兔子时，兔子只是惊了一下，随即便重新投入到吃的状态，再也没空理睬我们了。

眼看兔子越长越大，挤在篓子里憋得慌，姥姥便在屋前的山坡上为兔子造了一个窝。

兔窝依坡而建，三面是篱笆，一面是山。山脚处挖了一个浅浅的洞穴。

兔窝虽然比较简陋，却很宽敞。兔子们可以在里面吃饭睡觉，可以唱歌跳舞、夫妻恩爱、仰望蓝天，夜里还可以在月光下做梦。

生活的幸福指数能够得到飞跃式提高。

但以上种种浪漫美好的事，兔子们都不愿意做。除了吃睡之外，它们只做一件事——打洞！

向着山的方向，打洞，打洞，打洞……越打越深，越深越打！

一些日子后，终于凭借着锲而不舍持之以恒的精神，在山坡上打出一个只属于它们自己的洞穴，拥有了一间真正属于自己的房子——除了它们自己，谁也无法进去的私密空间。

按常理，一旦拥有了自己的房子，打洞工作就应该停止了。但事实并非如此。

两只兔子打洞的生活模式一旦开启，便深陷其中，不能自拔，连“吃”的伟大爱好都渐渐退居其次了。它们除了偶尔钻出洞穴吃一点儿维持生命必需的食物外，多数时候，只待在属于自己的房间里打洞，不到姥姥呼唤不出来。

再后来，即使姥姥呼唤也不出来了。

虽然一连几天不见兔子，但姥姥还是坚持喂兔子。

我和姥姥每天仍然拔了草，把草放进兔窝。没有了兔子，兔子的房间便只是一个黑洞了。

日日喂兔子，好像在喂一个黑洞。

兔子在很多天以后终于出现了一次。

不过不是出现在兔窝，而是出现在距离兔窝一段距离的羊圈围墙（那一面的围墙不是人造的墙，而是山体的一部分）上的山洞洞口。

那一天，羊们蓦然抬头，惊讶地发现，不知何时，羊圈的高墙上出现一个洞，两只浑身沾满沙土的白兔赫然出现在洞口！

羊们咩咩叫着向姥姥报警。姥姥带着我赶到羊圈时，赶巧看见两只兔子在羊圈高墙的洞口探头探脑，抖抖索索，茫然无措。

两只胖兔子已然变成了两只瘦兔子！

真是为洞销得兔憔悴啊！

原来两只兔子打洞，不只是要拥有一间属于自己的房子，而是要打一条通往野外的地道，便于暗中逃跑。

没料打了那么久，那地道不是通向远山，而是通向羊圈！

看来，兔子没有方向感，又缺少指南针，打出来的地道实在不靠谱啊！

但两只兔子并没有放弃，反而开启了更加疯狂的逃跑模式。

它们没日没夜钻进洞穴深处，打呀打呀，挖啊挖啊，一段时间后，终于再次破洞而出了——从羊圈高墙上的另一个新洞钻出来啦！

可怜它们灰头土脸、蓬头垢面出现在高高的新洞口，却绝望地发现新洞仍然通向羊圈，而不是通往野外。

其实，从洞口逃进羊圈，再从羊圈的柴门钻出去，便可逃往野外，重获自由了。

可两只兔子显然恐高，它们畏畏缩缩趴在高处的洞口，望一眼低处的羊圈便瑟瑟发抖，终不敢为自由而纵身一跃。

“丫丫，帮姥姥取梯子来！”

那天，姥姥决定将兔子放生。她打算攀上羊圈的高墙，捉它们下来，将它们放生野外。

可是兔子胆小，还不等姥姥攀上梯子，它们又躲回了黑洞深处。

“再打地洞，就打个通向野外的吧！”姥姥喊话劝说它们。

几天后，我跟姥姥去山谷外面赶集。

出发前，姥姥特意除去了兔子窝边的几根篱笆——兔子的自由之门，已经完全打开。

在我和姥姥回来之前，它们有一整个下午的时间逃走，而且不用面对与姥姥和我告别的尴尬。

“姥姥，兔子逃走了吗？”从集市返回的路上，我一直在想兔子是否已经逃走。

“逃走了吧？最好是逃走了！”姥姥说。

兔子属于野外，姥姥早就愿意将兔子放生，只是担心它们圈养太久（买来前已在圈养），无法在野外生活，才没有舍得早些放生——若是饿死了，或被狐狸吃了，该多令人心疼呢！

可是最近看到兔子执意要逃走，强留不住，她终于决定顺从它们的意愿，把它们放生。

不知为何，快到家时，我和姥姥都有不祥的预感——老远就看见家里的烟囱在冒烟，走近了，竟闻到肉的香味。原来是姨妈回来了，正在做喷香的肉食。

“肉？”姥姥惊疑道，“哪来的肉？”

“从大公猫（邻人的猫）嘴里夺下来的！”姨妈回答。

姥姥心惊，赶紧出去查看。一眼看见兔窝外面的地上留有血迹，旁边还丢着两张白兔皮！

没想到篱笆拔除后，兔子还没来得及逃走，猫倒是先进去了！

没想到为兔子打开的自由之门，竟成了它们的死亡之门！

“造孽啊！”姥姥深深叹气，弯腰捧起兔皮，眼睛瞬间像兔子的眼睛一样红，“早知如此，姥姥早就把你们放生了！”

姨妈做的那顿难得的兔肉，姥姥一口没吃，我也一口没吃。

多天以后，看到羊圈高墙上的那一个个黑洞——兔子为了自由而打出的黑洞，姥姥的眼神仍会为之黯淡。

我知道，那一刻，她又在心底叹息了一声。

过山老鼠

在姥姥的老屋里，看似只生活着我和姥姥姥爷、猫咪，其实还有老鼠。

老鼠自知无法光明正大地与我们生活在一起，便悄无声息、偷偷摸摸与我们生活在一起，日日月月，年复一年。

老鼠们低调地生活在家里的某个角落，不说话，不唱歌，不跳舞（也许这些都做，只是没被发现），它们安安静静钻在隐秘的洞穴，像空气似的，看不着，摸不到，听不见。

但姥爷通过粮仓里的蛛丝马迹，判断出家里有老鼠——地面上有隐约的老鼠的脚印，装米的布袋子被咬破了，绿豆粒中留下了黑色的老鼠屎……

它们不但和我们生活在一个屋檐下，还分享着我们的粮食。

如果家里富有粮食，养几只老鼠也不是什么事。但是家里缺少粮食，人与老鼠便很难和谐相处了。

姥爷常常会搬起粮仓的粮食袋子，仔细寻找老鼠洞。搬起高粱袋子，不见老鼠洞；搬起小麦袋子，不见老鼠洞；搬起黑豆袋子，不见老鼠洞……

搬起粮仓里所有粮食袋子，还是不见老鼠洞。

姥爷终于放弃了寻找老鼠洞。

不料最后清扫墙角的一堆麸皮时，赫然露出一个老鼠洞！

不得不承认老鼠很聪明，很懂得“躲猫猫”，也很懂得躲避人类的搜捕，因此才能屡屡逃过劫难，得以在洞穴深处生活繁衍。

可是老鼠日日偷食粮食，人们又怎么能对这种偷盗行为放之任之呢？

想办法赶走老鼠或打死老鼠便是人们不得不做的事。

按理，找到老鼠洞，离找到老鼠便不远了。

其实离找到老鼠还差很远呢。

如果老鼠发现自己的洞穴被发现了，往往会遗弃旧的洞穴，然后在更隐蔽的角落打一个新的洞穴。

人捉老鼠，往往一筹莫展，老虎吃天，无处下手。但人鼠较量久了，被逼无奈时，人们终会总结出一些出奇制胜的捕鼠良方。

姥爷捉老鼠的第一招，是火攻。在老鼠洞口放火，通过烟熏火燎，逼老鼠出洞。但往往烧了半天的火，把自己熏得一把鼻涕一把眼泪，还是迟迟不见老鼠踪影。

姥爷捉老鼠第二招，是毒攻。将饭菜搅拌了老鼠药，悄悄放在老鼠洞口，满怀期待等着老鼠大快朵颐，毒发身亡。谁知过了几天，除了一只笨老鼠中毒之外，再无其它老鼠上当。

姥爷捉老鼠第三招，是水攻。提来一大桶水，灌进老鼠洞，水“咕咚咚”冒着泡流进洞里，在洞穴深处消失了，洞里却毫无动静。又提来第二桶水，第三桶水灌进去……洞里还是没有动静。

姥爷说，洞里住着的可能是过山老鼠——老鼠打通了一座山，在山这边遇到危险，便向着山那边逃跑了。

我听着暗暗吃惊，那么大一座山，小小的老鼠要打多久才能打通呢？何况山的外面还是山，山峦连绵不绝，几只老鼠如何能战胜连绵群山呢？

姥爷不甘心半途而废，坚持又往老鼠洞灌进好几桶水……

所有人屏住呼吸……

咕咚咚……咕咚咚……

忽然，洞口的水开始冒泡泡，开始急促向外流，接着，洞口“呼”的一下钻出一只硕大的老鼠！

那老鼠足足有小猫那么大，慌慌张张冲出洞穴，死命向着敞开的屋门逃窜而去……

没等人们反应过来，接着又钻出第二只，第三只……

很显然，老鼠们是计划好了，要举家出逃。也许在洞穴被大水淹没之前，它们还紧急召开了家庭会议，会议达成了一致协议——与其被淹死，不如冒险出逃，博取一线生机！

这冒险出逃，虽然显得狼狈，但毕竟死里逃生，一家人全部得以生还，可幸之至。

老鼠逃跑成功了，人们失败了吗？自然没有！

人们更成功——姥爷成功地逼走了老鼠，保护了粮食，还保全了老鼠的性命，可谓两全其美！

话说按捕鼠分工，姥爷负责灌水，我和姥姥负责举着扫把、棍棒，痛打逃出来的老鼠，以示惩罚。

可是等老鼠们一个个失魂落魄、哆哆嗦嗦、踉踉跄跄跑过我和姥姥的面前，我怎么忍心打它们呢？姥姥又怎么忍心打它们呢？

那一夜，我久久不能安眠。老鼠洞被水淹没，老鼠们会流落山野吗？

凭借着强大的打洞本领，它们应该会很快拥有一个新家，并在新家安全生活下去吧？

偷瓜贼

邻人的西瓜刚刚成熟，就被“偷瓜贼”偷食了好几个。邻人着急，劝姥姥也去地里看看，以防西瓜被贼惦记。

第二天早晨，我和姥姥便爬上山谷谷顶去看西瓜。

谷顶的一片田野里，西瓜已经长大，一颗颗圆滚滚地掩映在瓜秧间，长势喜人。

可惜最大的那颗西瓜，已经被谁吃掉了大半！

从剩下的小半西瓜看，瓜瓤已经粉红。原来一些西瓜已经成熟了。

看来，有人比姥姥更早知道西瓜成熟的消息。

是谁比姥姥更早知道西瓜成熟了呢？

姥姥带着我观察留在瓜地的踪迹。那踪迹在地里看得并不分明，但一到地头的沙滩，立即清楚了。

从踪迹来看，偷瓜贼应该是猪。不过，这“猪”不是从山谷的方向来，而是从沙漠深处走进西瓜地，偷食了西瓜，又朝着沙漠的方向离去了。

是獾，姥姥说。

什么是獾？我好奇。

像猪，像头小猪。姥姥回答。

我脑海里便呈现出小猪的样子：胖乎乎，圆滚滚，瞪着一双大眼睛，看着人的时候，一脸的单纯无辜。

不同的是，小猪衣食无忧，而獾风餐露宿。

无疑，昨夜是獾偷吃了西瓜。试问它吃得开心吗？吃得饱吗？吃得太开心了，太饱了！

从沙地踪迹可以看出，獾从沙漠远道而来，溜下沙梁进入瓜地，离开时准备爬上沙梁离开，可是没有成功。

它吃得太饱了，爬到半沙梁时，无论如何爬不上去，挣扎中，又顺着沙梁滑下来了。

一连试着爬了几次，无一例外地滑下沙梁。

万般无奈之下，只好放弃爬沙梁，绕远道从平坦的地方离开了。

西瓜被吃，姥姥原本有些惋惜（第一颗西瓜是姥姥留给我的）。不过看着獾在沙梁留下的踪迹，想象着獾半夜在沙梁“滑沙”的情形，我和姥姥都忍不住笑了，不禁对獾恨爱交加起来。

有人建议姥姥在烂西瓜里下鼠药，这样獾晚上偷吃了西瓜，必死无疑。姥姥默默听别人说完，却没有下毒。

为什么呢？担心鼠药毒不死獾吗？不是！

恰恰相反，她是担心鼠药毒死了獾。

为了几颗西瓜，她不忍心毒死一只獾。

山谷人多如姥姥一样善良，不常杀生。一般情况下，人们只是设法把獾驱离田野。

田间地头，常常会看到一堆堆灰烬，那是人们放火驱獾后留下的痕迹。

据说放一次火，一连许多天，獾都不敢再来。

獾不来山谷偷食的日子，住在哪儿，吃什么，我不得而知。

我只知道，獾始终与人类在同一个山谷、同一片沙漠生活着，并将继续一起生活下去。

蜗牛的旅行

姥姥的院落原本很少有蜗牛，可是几场雨后，居然出现了许多蜗牛。就像天上原本没有彩虹，雨后却出现了七色彩虹一样神奇。

蜗牛们个个脖子细长，头高昂，头上顶着电视天线一样的触角，背上背一间自己的房子，在院子里慢慢爬行。有的从一个角落爬向另一个角落，有的从地面爬上了东篱下的花树，有的从柴门下面爬出了院落。

也许是太喜欢房车旅行了，蜗牛无论走到哪里，都背着自己的那间房子。

它们的房子很小很小，小到只能装得下自己一个人的身体。

但它们的房子很美丽很特别，每一间房子，都是用全天然贝壳精制而成，美成了一件艺术品。

这样的房间，美是极美，却很脆弱。

蜗牛们背着贝壳房子去院外旅行。小小的贝壳房子替它们遮风，挡雨，却无法抵御袭击。

几只蜗牛一爬出院落，很快被花母鸡发现。蜗牛整个人、整间房子，被母鸡一口吞进嘴巴，从鸡嘴里永远消失了。

一些蜗牛不幸消失在院外，其它蜗牛却仍沿着前面蜗牛爬过的路，陆陆续续爬向了院外，对旅途的危险，浑然不觉。

我很担心蜗牛丧生鸡嘴，便替它们赶走了母鸡。

等我把母鸡赶到远方，回到柴门前，发现有几只蜗牛已被踩成糊状，或粘在地面上，或陷进泥土里。

它们精致的贝壳房和它们的身体一起破碎掉了。

我把其它爬行的蜗牛一只只捉起来，放到花盆里。把空空的贝壳捡起来，捧在手心里，看啊看啊……全部装进了布衫口袋里。

可是过了一会儿，院外又出现了蜗牛，而屋内花盆里的蜗牛全都不见了。

看来蜗牛宁可冒险旅行，也不愿成为温室里的蜗牛。

忽然感觉布衫口袋里有动静，打开口袋一看，只见一只蜗牛高昂着头，头上顶着“电视天线”，从口袋里悠悠然爬了上来。

原来它还活着！（先前只是身体缩进了贝壳，还没死）

其它蜗牛可能也活着。

我赶快把它们全部掏出口袋，一只只送回到东篱下。

雨后的旅行充满危险，可我知道，谁也挡不住蜗牛去旅行的脚步。

东篱下，花丛旁。

一间贝壳房独自陷在泥土里，好几天一动不动。

不会动的贝壳房已经失去了主人。幸运的是，它没有破碎。它脱离蜗牛独自存在，成为一件失去体温的艺术品。

成为艺术品的贝壳，固然美丽精致。

可是拿在手里，总觉得空落落的，缺少了些什么。

与蜂同居

我幼小时跟姥姥姥爷居住在姥姥的山谷。姥姥在家采桑叶养蚕，姥爷逐花而居养蜂。

姥爷原本不养蜂，自从多年前家里凭空飞来一群蜂，便开始养蜂了。

多年前的一天，院落外的榆树忽然变黑，树冠上更是黑压压一片，压低了树枝。

姥爷走近榆树一看，原来那黑压压一片是密密麻麻的蜜蜂！

姥爷猜测那群蜜蜂应该是哪个养蜂人家的蜜蜂。他嘱咐我和姥姥不要惊动蜜蜂，然后放出消息，静等养蜂人前来认领。

等了一天一夜，没有养蜂人前来寻蜂，蜂群也没有飞走。蜜蜂们静静栖息在榆树上，好像在耐心等待着什么。

姥爷看它们忍饥挨饿，不由动了恻隐之心。他拿了一面大笸箩，在笸箩里撒了白糖，放在榆树下。不一会儿，蜜蜂们纷纷飞进笸箩，如饥似渴地吃起了白糖。

吃完白糖，蜂群便把笸箩当成了新家，从此不愿飞走了。

蜂群愿意留在姥姥家，这是一个惊喜。但姥爷白得了一群蜂，心有不安。

养蜂人不来寻蜂，姥爷便去寻养蜂人。

养蜂人在哪儿呢？不知道。姥爷从姥姥的山谷出发，向西寻到十里外的沙漠，向东寻到十五里外的大山，向北寻到七里外的集市，向南寻到二十里外的海子滩。

布鞋踏破，终于在海子滩寻到养蜂人的家。

然而终究无缘见养蜂人一面。

孤独的养蜂人已经老去。老人没有子女，一切皆可放下，唯有养了一生的蜜蜂挂在心头。

老养蜂人曾意欲托孤，却无人可托。思来想去，只好将蜜蜂放了野。

蜂群若被人收养，那是蜂群的幸运；蜂群若在打野的日子里被饿死冻死，那是蜂群的不幸。

但无论幸与不幸，衰老的养蜂人已经无可奈何，只得由着蜂群自寻出路了。

蜂群飞翔二十里，从海子滩飞到姥姥的山谷，几经风雨几经辗转，最后落在姥姥家不肯飞走，也算是机缘巧合。

姥爷找到老养蜂人的长眠之地，郑重告诉地下的老养蜂人，他一生喂养的蜜蜂们已经找到了新的归宿，请老人家放心。

从海子滩回来，姥爷便请木匠打了几个蜂箱，正式收养了蜂群。

那年春天，姥爷带着几箱蜜蜂，开始了逐花而居的养蜂生活。

整个暖季，姥爷跟着他的蜂群生活在开满粉红色杏花、桃花的山坡，开满雪白色槐花、梨花的山坡。或生活在开满紫色苜蓿花的花田，开满粉白色荞麦花的花田，开满金黄色葵花的花田。

晴朗的夏日午后，我跟姥姥赶着牛车去花田探望姥爷。

姥爷把我们领进花田旁的帐篷里。帐篷地板上放着木桶，桶里全是透明黏稠的蜂蜜。姥爷请我和姥姥吃蜂蜜。他从布袋取出炒米，用粗瓷碗拌了蜂蜜炒米给我吃，又拌了一碗给姥姥吃。

炒米香，蜂蜜甜；炒米脆，蜂蜜黏；炒米有火的焦味，蜂蜜有花的清淡。二者一经搅拌，完美融合，吃在嘴里，是养蜂人家最特别的美食，是农家最质朴而幸福的味道。

吃过蜂蜜炒米，我钻出帐篷，看姥爷在花田旁打理蜂房。

姥爷把唯一的网帽和手套给我戴着，他自己没有戴手套，也没有戴面罩。

他从蜂箱取出蜂巢，一片一片仔细查看酿蜜的情况。蜂巢上密密麻麻爬满了蜜蜂。几只蜜蜂爬到了姥爷的手上，还有一只蜜蜂飞到了姥爷的脸上，又从脸上慢慢爬到头上。

我担心蜜蜂蜇人，吓得大嚷大叫，作势要帮姥爷赶走蜜蜂。姥爷呵呵笑着说没事，蜜蜂认得姥爷是自家人，不会蜇姥爷。我半信半疑，睁大眼睛看蜜蜂们自由自在地在姥爷身上爬行，爬呀爬呀，爬尽兴了，爬过瘾了，轻轻抖动翅膀，嗡嗡唱着歌飞去花田了。

姥爷说，蜜蜂们不仅在眼前的花田采蜜，还在附近的花田采蜜，甚至飞到方圆二十里的花田采蜜。

蜜蜂身体瘦小，其貌不扬，但很聪明。无论是附近花田，还是远方花田，它们总能找得到，且无论飞多远，都会飞回来。没人知道它们是如何记住了回家的路，但它们就是记得，从不迷路。

姥爷独自在花田养蜂，日子原本没有那么甜。但当蜜蜂们把花粉从远方带回来，一点点酿成蜂蜜的时候，姥爷的日子也便跟着变甜了。

我和姥姥赶着牛车离开花田，姥姥担心姥爷一个人孤独。姥爷笑姥姥傻，他说他与蜂同居，每天被蜜罐儿包围，日子甜着呢！

没错。与蜂同居，姥爷的日子极其清淡，却也极其甘甜。

不是蜜蜂的蜂

提起蜂，人们第一时间想到的多是蜜蜂。其实除了蜜蜂，还有许多不是蜜蜂的蜂。

跟姥姥去山谷里的田野，姥姥在田里劳作，我在地头独自寻找乐趣。

有黄蜂在地头飞翔，以为是姥爷的蜜蜂，觉得亲近，便欢天喜地跟在蜂的后面奔跑。

等蜂落在花间，才发现它个头大，身体胖，不是姥爷的蜜蜂。

不是蜜蜂的蜂也会采花粉吗？心里好奇。看那胖蜂触须般的脚上沾满了细细的花粉，从一朵花飞到另一朵花，像蜜蜂一样忙碌着，倒也心生欢喜。

胖蜂叫什么名字，家住在哪儿，它的蜜是为自己而酿，还是为别人而酿？

跑去问姥姥，姥姥也不知道。人与胖蜂共同生活在山谷，一个在空中飞，一个在地上走，日日相见，却是熟悉的陌生人。

姥姥的老屋后面是山坡。

一条通往谷底的土路把山坡分为上坡与下坡。上坡长满了一山坡杏树，下坡是一片苜蓿地和一圈密集高大的杨树。杨树下面是山谷田野。

夏天，杨树枝繁叶茂，遮天蔽日，把姥姥的老屋几乎包围起来。

若有陌生人来到谷里，透过树的缝隙，只能隐隐约约窥见树后有个房屋，至于房屋的具体模样，则只能想象。

谷里人虽然知道树后是姥姥的老屋，但每到夏天，也几乎只见树木不见老屋。

姥姥虽非隐者，但老屋却像隐者的屋子。

午后，我爬上屋后上坡的杏树林，那时青杏隐在绿叶间，正在奋力生长。

我坐在树下，看黑蚂蚁打窝。蚂蚁洞不远处是另一个较大的洞，应该是另一个蚂蚁洞，却不见蚂蚁进出。

正疑惑间，忽有嗡嗡声传来，定睛一看，只见一只大黄蜂飞抵洞口，低着头爬进了洞穴。

我第一次看见一只蜂不进蜂箱，不落花间，竟像蚂蚁一样爬进了地洞，惊讶极了。

后来姥姥告诉我，那是地黄蜂。

地黄蜂的洞里是什么样儿？洞里有小地黄蜂吗？洞里有蜂蜜吗？如果有蜂蜜，蜂蜜储藏在哪儿？

我找了一根细棍，一点点顺着蜂洞向地下挖，挖了几下，听到地下传来地黄蜂焦急的嗡嗡声。眨眼间，挖烂的洞穴里露出了地黄蜂的脑袋，只听“嗡”的一声，地黄蜂振翅逃走了。

我接着向下挖。挖着挖着，细窄的洞变得开阔了一些，仿佛由地洞进入了客厅。清扫了“客厅”浮土，角落里赫然露出一片卷曲的杨树叶。打开杨树叶，哦，树叶里居然包裹着蜂蜜！

蜂蜜很少，跟姥爷成千上万的蜜蜂酿的蜜简直无法相比，可是很甜很甜。我偷偷吃了蜜，把树叶放回原处，把挖出去的土也埋回原地。这才发现，蜂洞已经不复存在，地黄蜂再也回不去了！

怀着愧疚之情，在原来的蜂洞旁挖了一个新洞，又往里面塞了一片裹了蜂蜜（姥姥家从不缺少蜂蜜）的树叶。用新洞赔了地黄蜂的旧洞，用家里的蜂蜜赔了地黄蜂的蜂蜜，料想地黄蜂喜迁新居，尽享美食，应该会欢天喜地。

谁知一连几天偷偷观察，却再也没见地黄蜂现身。

才知那只地黄蜂再也不会飞回来了，伤害一旦造成，往往很难去弥补。

真是悔不当初。

有一年暖季，姥姥的屋檐下住了一窝瘦长细腰的蜂。等姥姥发现时，蜂巢已经建得不小了，十几只蜂在头顶飞来飞去，忙碌着把蜂巢建得更大更结实。

姥姥说那是财蜂。谷里人说财蜂招财，只要财蜂来家里居住，只要它们不蜇人，人们一般不会伤害它们。

也有人不信那一套说法，设法除掉财蜂。怎么除掉呢？当然不能直接去捅了蜂窝，即使财蜂不在蜂窝时也不能捅了蜂窝。

财蜂报复心很强，它们一旦发现有人胆敢毁了它们的家园，绝不甘心落魄离去，而是耐心等在被毁的蜂巢附近，伺机蜇人报复。

谁若被财蜂蜇了，脸庞会瞬间肿成山丘，眼睛会肿成一条缝，嘴巴会肿得不能言语，惨不忍睹。

如何安全除掉财蜂呢？

有经验的人说，必须在夜深蜂静、蜂群全部在蜂巢栖息时，点了火把，再往火把上浇油，等火把燃旺了，高举到屋檐下，连蜂巢带蜂一起烧掉。

如此，方可免除后患。

姥姥默许财蜂住在屋檐下。倒不是因为招财不招财，仅仅是不忍心破坏它们辛苦建造的蜂巢，不愿让它们无家可归罢了。

屋檐下的蜂巢建得不高。姥姥从屋檐下进进出出，平时会略略低头。偶尔忘记了，直着身子走进走出，财蜂几乎擦着姥姥的花白头发飞过。

旁人看着惊险，人与蜂却各忙各的，一个在空中飞舞，一个在地上行走，相安无事。

姥姥的山谷还常见一种特别的蜂。

它们总是把蜂蜜酿在杨树叶上。阳光一照，酿了蜂蜜的树叶亮得闪光。

爬上树摘几片树叶，放在舌尖上轻轻一舔，每一片树叶都带着蜜的甜。

在树叶上酿蜜的蜂叫什么名字，我至今不知道。

但它们一直与我们同在。

山谷是我们的家园，也是它们的家园。